私はサキュバスじゃありません 2

リズは真っ白なワンピースを着て、麦わら帽子を被っていた。

Nora Kohigashi 小東のら

illustration —— 和錆

「付き合ってあげるわっ……！」
レイチェル様の顔は真っ赤だ。

「呼び出したのは私よ」
アイナ様はきつい目で、私を睨む。

そこに天使がいた。
メルヴィ様が私と同じ
黒のネグリジェを着ている。

少しサイズが合わないのか、
胸元に手をやって
恥ずかしそうにもじもじし、
上目遣いで皆を見ている。
「ど、どうですか……？」

「お姉様っ！」

「お仕置きだよっ！」
バシンと鞭の鳴る音がする。
イルマの顔は赤く、恍惚としている。
体は服の上から
亀甲縛りが施されており、
しかし心は解放されていた。
五分で地獄絵図が完成していた。

Characters

キャラクター紹介

リーズリンデ

清楚で純真な美少女。
その正体はサキュバスだが、
今は力と記憶を失っている

シルフォニア

勇者パーティーの
誇り高き姫騎士。
大国バッヘルガルンの王女。

メルヴィ

勇者パーティーの白魔導士。
ラッセルベル教会の聖女。

カイン

魔王と戦う勇者。
仲間が負った傷が癒えるまで、
一時的に学園に編入する。

アイナ

学園内での派閥づくりに
躍起になっている派手な少女。
リーズリンデを目の敵にしている。

レイチェル

巨大なハンマーで戦う
勇者パーティーの戦士。
自信家で気が強い少女。

私はサキュバスじゃありません　2

小東のら

ヒーロー文庫

Contents 目次

Illustration 和錆

2
私はサキュバスじゃありません

イラスト／和錆
装丁・本文デザイン／5GAS DESIGN STUDIO
校正／福島典子（東京出版サービスセンター）
DTP／伊大知桂子（主婦の友社）

この物語は、小説投稿サイト「小説家になろう」で
発表された同名作品に、書籍化にあたって
大幅に加筆修正を加えたフィクションです。
実在の人物・団体等とは関係ありません。

プロローグ

暗闇の中で、煌(きら)びやかな明かりが眩(まばゆ)いばかりに輝いている。

夜の闇が空を覆い、世界を包み込む中、ある大きな建物から華やかな明かりが漏れ出ている。

暖色のその明かりが暗い夜に広がり、闇夜を淡く光の色に塗り替えていた。

賑(にぎ)やかな声が建物の中から聞こえてくる。陽気に笑う人たちの声が響き、美しい音色を紡ぐピアノやヴァイオリンの華麗な演奏が聞こえ、柔らかな音が人の耳を優しくくすぐっていく。

ここはフォルスト国立学園という、長い歴史をもつ伝統校である。

今日はその学園が誇る講堂で、大きなパーティーが開催されていた。

皆が華やかなドレスを身に纏(まと)い、豪華なパーティーを楽しんでいる。立食式であり、贅沢(ぜいたく)な食材がふんだんに使われた料理が会場中に並んでいる。

非日常の豪奢(ごうしゃ)な雰囲気に浮足立ちながら、学園生たちは皆はしゃいでいた。

赤、青、黒、様々な色のドレスが舞うようにひるがえり、この会場を一層華やかにしている。職人が腕によりをかけて仕立てたドレスやスーツは、女性をより美しく、男性をより颯爽と見せている。

今まさに青春を謳歌する学園生たちが、お酒でほのかに頬を赤く染めながらこのパーティーを堪能していた。

この学園は王国が強く力を入れている最高の教育機関である。

普通の学校のよくあるパーティーとは異なり、大きな功績を残した著名な学識者や国賓なども招待され、このパーティーに参加している。学園生はそういった人たちとも繋がりを作り、将来のために人脈を太く広げていく。

まさに国の威信がかかっていると言っても過言ではないほどの、絢爛豪華なパーティーなのだった。

普段とは違う眩しい学園の雰囲気に学園生たちは心を躍らせ、楽しそうにはしゃぐのであった。

「あ、見て。あの方よ……」

「まぁ、なんてお美しい……」

そんな中で、大勢の目を引く一人の少女がいた。

白いドレスを身に着け、ふわふわとウェーブした長い金髪を揺らしている。目鼻立ちがとても整っており、その美しさは、男性だけでなく女性も思わず視線が釘付けにされてしまうほどであった。

パーティーという賑やかな場であっても、その少女からは気品が感じられる。人に挨拶をする姿、料理を食べる仕草。どれも上品で美しく、皆のお手本となるべき完成されたマナーであった。

「相変わらずリーズリンデ様、お綺麗だわぁ……」

誰かがぽつりとそんな声を漏らす。

パーティーで注目を集めるその少女の名前はリーズリンデという。

彼女は学園の中でも成績優秀で品行方正、家柄も良く、美しくて可愛らしいという、完璧な少女である。

学園中の憧れの的であった。

今はいつもの制服とは異なり、白いドレス姿のため、それが彼女の清純さをより際立たせている。

ドレスにあしらわれた細かいレースと刺繍も彼女の淑やかさを引き立てており、金色の滑らかな髪もより一層輝いているように見える。

誰も彼もが、思わず彼女に見惚れてしまっていた。

「まるで穢れのない天使のようだわ……」

彼女を見つめていた女性が思わず呟く。

清楚(せいそ)で可憐(かれん)。天使のように美しく、学園の生徒たちの人気者。それがリーズリンデであった。

「リズ」

「あ……」

そんな中、リーズリンデにリズという愛称で呼び掛ける男性がいた。

「カイン様」

「こんばんは、リズ」

リズが振り返ると、そこにはにっこりと爽やかな笑みを見せる男性がいた。

長身で黒い髪、名前はカインという。

彼は、世界に平和をもたらすために魔族と戦う希望の星――「勇者」という役を担っていた。

その切れ長の目からは、厳しい戦いの中で培(つちか)われた勇者としての強さと誇りを感じることができる。

世界中から尊敬を集める存在であり、言うまでもなく学園の中でもそうであった。

皆がうっとりとカインを見つめている。

「どうですか、カイン様？　パーティーを楽しんでいらっしゃいますか？」

「うん、とても楽しいけれど、僕はこの学園に来てからまだ一か月。なかなかお客さんみたいな気が抜けないよ」

「あらあら」

カインはそう言って、肩を回して体をほぐすような仕草を見せる。有名な勇者として、パーティーの来賓(らいひん)への挨拶回りが大変であると、言外にそう言っていた。

「お疲れさまです。でも、学園生側もなかなか大変なのですよ？　このパーティーの運営のために、私もたくさんお手伝いさせていただきました」

「それはそれで難儀だね」

リズとカインがくすりと上品に笑い合う。

会話を楽しんでいると、新たに二人の女性が彼女たちに話し掛けてきた。

「やぁ、リズ。こんばんは」

「こんばんは、リズさん」

「あ……シルファ様、メルヴィ様、こんばんは」

現れたのはこの国の姫騎士であるシルファと、大教会の聖女であるメルヴィであった。

二人とも勇者カインの仲間であり、強大な悪と戦う勇敢な武人である。

ただこの場においては、年相応にパーティーを楽しむ少女にしか見えない。

「この学園のパーティーはいかがですか？　結構豪華でしょう？」

「あぁ、正直驚いているな。私が参加させてもらった数々のパーティーの中でも、この学園のパーティーはレベルが高い」

「あのあの……わ、わたしは今まで修道院の生活が長かったから……こういう華やかなパーティーには目を回しそうです……」

「あぁ、メルヴィ様……だからそんなに、お皿に山盛りに料理をよそっていらっしゃるのですね。見かけによらず食欲がおありですね？」

「あうあう……」

メルヴィは料理を山盛りにした皿を片手に持ち、心ゆくまで美味を堪能していた。それを指摘され、顔を真っ赤にして恥ずかしそうに俯く。

悪いこと言っちゃったかなと、リズは苦笑した。

「……それにしても、シルファ様、メルヴィ様。ドレスとってもお似合いですよ」

リズが彼女たちの服装を褒める。

シルファは濃い赤色のドレスを着ており、彼女の赤い髪にドレスが映えている。いつもはポニーテールにして纏めている長い髪を垂らし、その髪型はリズにとってとても新鮮であった。

逆にメルヴィは自身の白い髪とは対照的に、黒のドレスを身に纏っている。聖女である彼女のいつもの清純なイメージは薄れ、どこか妖艶な雰囲気が醸し出されている。

服装一つで、印象が大きく変わってくる。

現にパーティーに出席している者の多くが、いつもと違う英雄たちの姿に目を奪われてしまっていた。

「む？　そうか？　ありがとう」

「あのあの、リズさんもとっても似合ってらっしゃいますよ」

「ありがとうございます」

お互いのドレスを褒め合うリズたち。

しかし、リズの本当の関心は別の所にあった。

「…………」

どうしても目が行ってしまうのは、カインのフォーマルスーツ姿であった。

長身の彼にピシリと合ったスーツ。緩みもなく、引き締まった肉体の彼に、より一層精悍な印象を与えている。

ネクタイがきっちり締められており、凛としている。苛烈な戦士である彼の雰囲気は、フォーマルなスーツによく合っていた。

「…………」

彼を見ているだけでリズの頬が赤くなり、熱を帯びだす。

自然と緊張が高まって、カインから目を逸らして小さく俯いてしまう。しかしどうしても気になって、彼の方を少しだけ見て、恥ずかしくなってまた目を逸らす。

リズはそんなことを繰り返していた。

「……どうしました？　リズ？」

しかしカインがそんな彼女の様子に違和感を覚え、声を掛けてくる。

びくりとリズの体が震える。

「ふぇっ……!?」

「いえっ……！　あのっ、そのっ……」

リズの目が泳ぐ。あなたの姿に見惚れていましたと、本当のことは恥ずかしくてとても言えない。

慌てて彼女は言い訳を探す。追い詰められた小動物のようにおろおろと挙動不審になりながら、赤く染まったその頬の色を誤魔化す言葉を考えていた。

そしてリズははっとひらめき、彼の耳元に口を寄せた。

「その……猫被っているカイン様がなんだか面白くて……」

「……うるせっ、バーカ」

それまでの人当たりの良さそうな表情から一変、カインの眉間に皺が寄り、口調も荒々しいものになる。

勇者カインは、人前では素の自分を見せない。

本来はかなりぶっきらぼうで口も悪い。品行方正とは程遠く、隠れて葉巻をすぱすぱ吸うような人物である。

いつも『俺』と言うカインが、こういった場では『僕』になることに、リズがおかしさを覚えるのは確かであった。

「挨拶回りで肩凝ってんだよ。おちょくってくんじゃねえ。お前をいじめてストレス発散してやろうか？」

「勇者様も大変ですね」

「そう思うんなら、からかうんじゃなくて労(ねぎら)えっての」

お互い顔を寄せながらひそひそ話をする。

周りに声は聞こえていない。かろうじて二人の会話が聞こえているのは傍(そば)にいるシルフィとメルヴィだけである。

まるでキスをするかのような近い距離で二人は内緒話をする。自分が挙動不審になっていたことから、話題をうまく逸(そ)らすことができてリズは少しほっとしたが、この近い距離に、彼女はますますドキドキしてしまっていた。

自分の照れを隠すためにさらに照れることになるのは、なんだか矛盾しているような気もした。

「あ、そうそう……」

「はい？」

カインは何かを言おうとして、更にリズに身を寄せた。

二人の距離はより縮まり、リズは少し体を強張らせる。

「そのドレス、似合ってるぞ」

「……っ!?」

そう耳元で囁かれ、リズはばっと体を離す。

不意打ちのような誉め言葉に、彼女は自分の顔がボッと熱くなるのを感じた。

咄嗟に離れて平常心を保とうとするけれど、まるでノーガードの体に重いパンチを食らったかのように全身がフラフラとした。

心臓がバクンバクンと激しく打ち、顔だけでなく全身がかっと熱くなっていくのが自分でも分かった。

真っ白なドレスのレースの隙間から赤くなった肌が透け、まるで服が淡紅色に染まったかのようだった。

「ははは、驚いてやんの」

「………」

からかうように笑うカインも、ほんの少し恥ずかしそうに頬を赤くしている。

何でもないように軽く誉め言葉を口にしたカインであったが、彼もなぜか、少しばかり緊張しているのが見て取れた。

「………」

リズの体はまだ熱く、まるで口が痺(しび)れているかのようにカインに言葉を返せない。

カインもまた、上手(うま)く言葉を続けられなかった。

「あ、あはは……」

「ははは……」

リズが気恥ずかしそうにもじもじとし、カインはぽりぽりと頭を掻(か)く。その様子を間近で眺めていたシルファとメルヴィは、ただにやにやと笑うばかりである。

いつもとは違う時間、非日常のパーティーの場で、二人は雰囲気に呑(の)まれ、甘い陶酔に浸っていた。

――その時だった。

「きゃっ……！」

「んあっ？」

突然カインに、一人の女性がぶつかった。

このパーティーは立食式であり、大勢の人で会場はごった返している。この女性は友達と喋(しゃべ)るのに夢中になって前方への注意がおろそかになり、カインに体をぶつけてしまった。

そして不幸なことに、その女性はワインの入ったグラスを持っていた。

「うわっと!?」

赤いワインがグラスから大きく跳ね、カインにべちゃりとかかる。

彼の服がワインで大きく汚れてしまった。

「わわっ、す、すすみませんっ！　……って、ゆゆゆ、勇者様っ⁉　あ、あわっ！　あわわわっ……⁉　も、申し訳ございませんっ！　申し訳ございませんっ……！」

「あー……」

ワインをこぼした女性はぶつかった相手が勇者カインだと知ると、顔を青くして縮み上がってしまう。世界の英雄の服を汚してしまったと、泣きそうな顔で何度も頭を下げて謝罪する。

ワインは服にしっかりとかかり、上着だけでなく、白地のシャツとインナーにも赤い色が染み込んでいる。

ナプキンで拭って取れるような汚れではない。

しかしカインはその汚れ具合を確認しただけで、にこりと優しそうな笑顔をその女性に向けた。

「大丈夫ですよ。お嬢さん。服が汚れたくらい、僕は別に気にしません」

「ゆ、勇者様……」

猫を被（かぶ）った笑みを見せ、女性をなぐさめる。

「しかしこれ、どうすっかな……」

スーツもシャツも、とてもじゃないがこのままパーティーを楽しんでいられるような汚れ方ではない。

「それでしたら、スーツを借りることができるはずですよ。それを利用して、着替えをされてはいかがですか？」

リズがカインに助言する。

「替えのスーツを借りられるか。それはありがたいな。遠慮なく利用させてもらうか」

「ではカイン様は更衣室に行って待っていてください。私は係員に事情を話し、スーツを借りてきます」

「オッケー。お前の見立てなら文句はない。頼んだ」

「かしこまりました」

まるで彼の侍女であるかのように恭しくお辞儀をして、リズはカインのスーツを借りる手配を始めた。

係員を呼び、スーツが保管してある部屋に案内してもらう。そこで彼に合うスーツを見立てる。

そういえばカイン様は「お前の見立てなら文句はない」って言ってたけど、なんでだろう？　彼に服を見立てたことなどないのだけれど、どうしてカイン様は私をそんなに信頼しているのだろう？　などとリズは考えながら、カインの待つ更衣室へと足を運んだ。

扉をノックする。

「カイン様。リズです。着替えを持ってまいりました」

「おう、入れ」

「失礼します」

リズは扉を開けて、部屋に入った。

そして驚いた。

「……っ⁉」

カインは服を脱ぎ、上半身裸の姿だった。

「なっ……⁉　ななっ⁉　カ、カイン様⁉　なんで上を着ていないんですか⁉」

「んぁ？」

カインの素肌を見てリズは慌て、顔を真っ赤にする。カインはどうして彼女が慌てているのか本当に分からず、呆けたような声を出す。

「なんでって……服着替えるんだから、そりゃ汚れたものは脱ぐだろうよ」

「着替えは私の見てない所でやってください！　私ノックしましたよね⁉　カイン様、入れって言いましたよね⁉　他人の前では少しは恥じらいを持ってください！」

「ええ……？」

カインは眉を顰め、理不尽に叱られた子供のような表情になった。

リズの心臓は、また早鐘を打ち始める。

今、カインの上半身は裸で、鍛え上げられた肉体が惜し気もなく晒されている。腹筋は割れ、固く引き締まった筋肉が体を覆っている。

ほっそりしてしなやかな体には、幾千もの戦いでついた傷痕が残っていて痛々しいが、それすらも男の勲章のように思えるのだった。

彼に惹かれ始めているリズとしては、眼福であり、目の毒でもあった。

「上半身裸ぐらいで今更なんだよ。初心なふりかよ」

「正真正銘初心なんですっ！」

リズは熱を帯びた顔で吠える。

そして手に持った着替えをカインに押し付け、彼に背を向けた。

「やれやれ……」

「やれやれ、はこっちのセリフです！」

温室育ちの彼女には、彼の裸は刺激が強過ぎた。

リズに背を向けられたまま、カインは持ってきてもらった服に着替えて、身だしなみを整える。

カインはまたパーティーに参加できる格好になった。

しかし、脱ぎ捨てた上着とシャツをなんとかしないといけない。

「これどうすっかな」

「私が洗っておきましょうか？　預けていただければ染みも落とせると思いますが」

振り返ったリズが提案する。

「いいのか？」

「生活用の漂白魔法を使えば元通りになりますよ。ただ、ちょっと時間はかかりますが」

「じゃあ頼んだ。サンキュ」

「はい」

カインが汚れた服をリズに渡すと、彼女は腕に抱えた。

「じゃあパーティーに戻っか。……つっても、また挨拶回りすんのメンドーだな。リズ、一緒にとんずらこくか？」

「何を言ってらっしゃるんですか、カイン様。今日のパーティーは勇者様に会いたくて参加された方も多いのですから。主役級の方がパーティーを抜けてはいけません」

「へいへーい」

カインが面倒くさそうに手をひらひらと振り、適当な返事をする。

勇者様は不良でもあった。

「私はこの汚れ物を処置してすぐに戻ります。時間が経つ前にかけておきたい魔法があるので。なので、カイン様は先に戻っていてください」

「あいよ。じゃあリズ、頼んだ」

「はい、任せてください」

そうしてカインはリズよりも先にこの部屋を出た。

彼女は一人部屋に残る。

カインのシャツを丁寧に持って、生活魔法をかけていく。時間を置いてしまっては衣服に付いた汚れが落ちにくくなってしまう。

料理、洗濯、掃除をラクにこなせる魔法を覚えておくことは、淑女の嗜（たしな）みであった。

「ふぅ……」

魔法が一段落して、リズは小さく息を吐いた。

まだ衣服に付いたワインの汚れは落ちていないけれど、前段階の処理としては十分だ。

後は帰ってからゆっくり洗濯すればいい。

「…………」

カインが先ほどまで着ていた服が手の上にある。

思えば、今日はもう何回も彼にドキドキさせられてしまった。

リズは考える。

始めは見慣れないカインのスーツ姿に見惚（みと）れ、内緒話をするために顔を近づけ、そこで不意打ちのようにドレスを褒められて胸が高鳴り、そして先ほどは彼の裸の上半身を目にして驚かされた。

今日はもう胸の内に残った熱が消えそうになかった。

「………」

リズの手にはカインの服がある。

……そう。今、彼女の手には、彼がさっきまで着ていた服があるのだ。

「………」

リズの頭がぼーっとし始める。

まるで夢の中にいるかのように、心地よくなってくる。彼女の顔に熱が宿り、目がとろんととろけたようになる。

今、この部屋には誰もいない。

自分はこの服に何だってできる。何をしたっていい。

何をしたって止める者などいないっ……！

「………」

呆（ほう）けた表情のまま、彼女の手が勝手に動く。

彼のシャツを持った手が自然に持ち上がり、彼女の顔に近づいていく。

目的地は自分の鼻だ。パーティー会場は汗をかくような場ではない。シャツに付いたワインの匂いも強い。

でも自分ならば……自分の研ぎ澄まされた嗅覚ならば、きっと十分に彼の匂いを堪能できるはずっ……！

「…………」

そう思い、持ち上げたカインのシャツに顔を近づける。

もう少しで彼のシャツを楽しむことができる。彼のシャツに顔を埋めてクンカクンカすることができる。

それは待ち望んでいた至福の時だ。

リズの顔が彼のシャツへと吸い込まれるように引き寄せられていって……、

「はっ……⁉」

シャツに顔を付ける直前、リズは正気に返って大きな声が出る。

「わ、私は今……一体なにを……？」

リズは混乱する。

寸前で思いとどまり、手を止める。

「シャ、シャツの匂いを嗅ごうとしていた……？　バ、バカな……私がそんな変なことをするはずが……」

驚きのあまりわなわなと震え、独り言を呟く。

清く正しい貴族の淑女として生きてきた彼女である。自分がそんな変態的な衝動を覚えるなんて理解し難かった。

「ち、違います……。私はそんな変態みたいなことはしないんです……。違うんです……。私はエッチな子じゃありませんっ……！」

自分自身の行動に驚愕(きょうがく)しながらも、ゆっくりと深呼吸し、リズは落ち着きを取り戻そうと努めた。

これは何かの間違い。きっと疲れていて変な白昼夢でも見たのでしょう。

自分にそう言い聞かせる。

そして持ち上げたカインのシャツをゆっくり下ろそうとして……、

（匂いを嗅ぐくらいなんだというのですか）

——なにか、頭の中に声が響いた。

（匂いを嗅ぐくらいなんですか。匂いを嗅ぐなんてそんな初歩的なこと、変態行為のうちにも入りません）

下ろそうとした腕がぴたりと止まる。

また夢を見ているような心地になる。

（こんなのは些事(さじ)です）

彼女の中で、葛藤や自責の念がバカバカしいもののように思えてくる。

リズの理性が溶けていく。

（シャツの匂いを嗅ぐなんて取るに足らないことです。こんな些細なことをためらっているなんて、なんて下らないことなのでしょう）

そうだ。

自分は今までなんて小さなことで悩んでいたのだろうか。

自分は道を究めようとしていたのだ。それが、なんだ、たかがシャツの匂いを嗅ぐことくらいで戸惑うなんて、なんてバカバカしいのだろう。

ほら、見ろ。桃源郷はすぐそこだ。

下らない自制心なんて捨ててしまえ。

愛しい彼のシャツに顔をダイブさせ、クンカクンカするんだろうが。

「………」

彼女の中で心が決まっていく。

ぼんやりとした意識の中で、彼女の心が強い衝動に駆られていく。

自分に正直に……。

そうだ……。

（自分に正直になるんだろうがっ……！）

そしてリズは行為を再開する。

腕を持ち上げ、頭を下げ、愛しい彼のシャツに顔を埋めようとして……、

「忘れ物ー、忘れ物ー……」

バタン！

唐突にドアが開き、カインが姿を現した。

「…………」

「…………」

二人は、固まる。

大惨事だ。

言い訳できないほど、手に持つシャツとリズの鼻は近づいており、その様子をカインがじっと眺めている。

「…………」

リズの体中からぶわっと変な汗が噴き出し、心臓がバクンバクンと早鐘を打ち始める。

しかしそれは、先ほどまでのような甘さのある鼓動ではなかった。

リズは動けない。石のように固まり、動くことができない。

「…………」

「…………」

「……忘れ物、忘れ物ー」

先に動いたのはカインの方だった。

何も見なかった、自分には何も関係ない、というかのように独り言を言いながら、平然と部屋の中に入ってくる。

そして自分の荷物を持ち、軽い足取りでこの部屋を後にしようとした。

「……待ってくださいっ！　違うんですっ！」

そこでやっとリズが声を発する。

カインが足を止める。

「こ、これは……違うんですっ……！　何かの間違いなんです！　わ、私っ！　シャツの匂いを嗅いで喜ぶような変態なんかじゃないんです……！」

「ま、いいって、リズ。シャツの匂いを嗅ぐくらい、大したことじゃねぇ」

「大したことです！　違うんです！　そうじゃないんです！」

彼女が言いたいのはそういうことではなかった。

「ご、誤解なんです！　何かの間違いなんです！　わ、私はカイン様のシャツをクンカクンカして匂いを楽しもうとしていたわけではなく……！　えぇっと……だから、その……ち、違うんです！　誤解なんです！　これは何かの間違いなんですっ……！」

「うんうん、そうだな」

「テキトーな相づちっ……！」

全てを見透かしているかのようなカインの表情に、リズは泣きそうになる。

「うわあああああああああぁぁぁぁぁんっ……！　もうやだああああああああぁぁぁぁぁぁぁぁっ……！」

「あ、ちょっ！　リズっ……！」

　そしてリズはワインで汚れた上着とシャツを手に、部屋を飛び出していく。

「止まれーっ！　リズーっ……！」

　カインの制止の声も振り切り、泣きながら必死に駆けていく。

　会場を走り抜け、死ぬほど恥ずかしい思いをしながら外へ。

　夜の街を駆け抜けていく。

　彼女を慰めるように、そして笑うように、夜空の星が綺麗に輝くのであった。


――清楚で可憐な優等生、リズ。

　彼女には秘密があった。

　一年前、彼女は魔王との戦いで大きな傷を負った。

　そしてその傷を治すため、彼女は自分の記憶と力を失ってしまった。

　命を繋ぎ止めるため、自分が勇者カインの仲間であったことも、その仲間たちとの冒険の旅も、何もかも忘れてしまった。

　リズはとある魔族の先祖返りであり、強大な力を持っていた。

その能力を役立て、勇者カインの冒険を支えていた。

しかし今はその力も記憶も何もかも失い、この学園で普通の人間として、清く正しい生活を送っている。

彼女は人に淫らな夢を見せ、誘惑する色欲の淫魔――サキュバスの先祖返りであった。

第15話　【現在】聖女メルヴィの大人な服

「リズ様ーっ！　ヘルプーっ！　ヘルプっすー……！」

朝の爽やかな教室でのことだった。

学友のサティナ様が泣きながら私の腰に抱きついてきた。

切羽詰まった様子でヘルプ、ヘルプと叫んでいる。なんだか大変な状況らしく、クラスの人たちが何ごと？　とざわつき始める。

しかし私にとって、彼女のこんな行動はこの一年で何度か経験しているものであり、あまり慌てる必要のないものであった。

「はいはい、サティナ様。一体どうしました？」

彼女の頭を撫(な)でながら落ち着かせて、話を聞いてみる。

サティナ様が涙に濡れた顔を上げ、泣き叫ぶように話し始めた。

「家の仕事がすっごいピンチでーっ！　防具店での裁縫の仕事なんすけどーっ！　今日の放課後アルバイトに来てもらえないっすかーっ……!?」

「まぁ、そんなことだろうと思いました」

ふぅ、と小さく息を吐く。

サティナ様は、この学園街の中にある冒険者ギルドの館長の娘さんである。

この街の冒険者ギルドは、冒険者への依頼の受付や発注、ダンジョン管理といった通常の業務を行うだけではない。訓練所、食堂、宿、武器防具店、雑貨店など、様々な店舗が併設された大規模な施設なのだ。

つまり学園街の中でもかなり重要な役割を担っているといえる。

サティナ様は小さい頃から、そこで家の仕事の手伝いをしている。

そのため料理、掃除、裁縫など、多種多様なスキルが冗談じゃないほど高い。彼女と結婚する男性はとても幸せだろう。

そして家の手伝いをしているからこそ、こういった厄介事も彼女は負ってしまうのだ。

「えぇっと……仕事の量が多過ぎてお店の手伝いが必要なんですね？　裁縫のお仕事ですか？」

「はいっす！　急で悪いっすけど、今日徹夜覚悟で、なんとかお願いできないっすかぁっ……!?」

「徹夜とは……追い詰められていますね……」

詳しく話を聞くと、冒険者ギルドの中の防具店に戦闘服の大量発注が来てしまい、納期までに仕上がりそうにないとのことらしい。どう考えても人手が足りないようだ。

そこで急遽アルバイトが必要になった。私の仕事は衣服を縫う作業の手伝いらしい。

「わかりました。いいですよ、サティナ様」

「わーん！　ありがとうっすー、リズ様ーっ！　天使っすーっ！　女神っすーっ！」

「ははは……」

またサティナ様は私にぎゅっと抱きついてくる。

こんなんで天使って言われても困る。現金なものであった。

「でももう一人……！　最低でもあと一人必要でっ……！」

「困りましたね」

サティナ様的にはまだ窮地を脱したわけではなかった。もう一人アルバイトが必要だと言う。

「ルナ様！　ルナ様はどうっすか……？」

サティナ様はいつもの仲良し組のルナ様に話を持ちかける。

「申し訳ありませんわ。今日は風紀委員会の仕事がありますの」

「そうっすか……。それは仕方ないっすね……」

ルナ様に断られ、サティナ様がしょんぼりとする。これは想像以上に追い詰められているのかもしれない。

そこへワンサイドアップの黒髪をぴょんと跳ねさせながら、仲良し組のもう一人が近寄ってきた。

アデライナ様である。

「あたいはやらへんで！　裁縫は門外漢やっ……！」

「あ、アデライナっちの裁縫技能は始めから期待してないっす」

「なんやとぉっ……!?」

自分からやらないと言っておきながら、アデライナ様は断られて憤慨した。

サティナ様は非情であった。

「あともう一人……あともう一人……」

サティナ様が青い顔をしながら教室の中をきょろきょろ見回し始める。なにしろ徹夜覚悟というのだ。本当に大変そうである。

しかしそんなに都合よく、良い人手が見つかるはずもなく……。

「あの……」

「ん……？」

そんな時に声が掛かった。

私たちは声のした方を振り返る。

「話が聞こえてきまして……よろしければわたしがお手伝いしましょうか……？」

「メルヴィ様……」

声を掛けてくれたのは聖女のメルヴィ様であった。

「メルヴィ様、裁縫できるんすかっ⁉」

「そのその……ある程度ですが……」

「やったぁっ！」

サティナ様ががばっと動き、彼女の手を取る。肉食獣のような飢えた目に、メルヴィ様はちょっと引いていた。

「ありがとうっす、メルヴィ様！　まるで聖女のようっす！」

「いえ、本物の聖女ですが……」

そんなとんちんかんなやり取りをして、メルヴィ様は苦笑いする。

そういうわけで、私は今日、聖女メルヴィ様と一緒にアルバイトをすることになった。


放課後。

サティナ様、メルヴィ様と一緒に学校を出て、冒険者ギルドへと向かう。

冒険者や学園生たちで賑（にぎ）わう冒険者ギルドの中を、人をかき分けるように歩き、目的の場所へと向かう。

この施設の中に併設されている防具店だ。

「よく来てくれたね、待ってたよ！」

店の中に入ると、威勢の良い女性が私たちを迎えてくれる。

この防具店の店長である、ベンヴェヌータさんという人だ。

「店長ー、来たっすよー、この地獄に生贄を連れて……」

「よくやった、お嬢。さぁ、ここからが地獄だ……」

「ひぇぇ……」

サティナ様とベンヴェヌータさんが恐ろしい会話を交わす。私たちはちょっと怯む。

ベンヴェヌータさんは、言うなればかっこいい感じの女性であった。

すらりと細身で長身。手足も長く、モデル顔負けのスタイルをしている。顔付きは凛々しく、男装が似合いそうな女性である。

冒険者ギルドの防具店で働くだけでなく、ファッションデザイナーとしての顔も持っており、国内のファッションコンテストでは優秀な成績を残している。

事実、この防具店の服はデザインが良いと評判であり、わざわざここまで服を買いに来る冒険者も多い。

「リーズリンデ君、手伝いに来てくださってありがとう。いつもいつも悪いね」

「いえいえ、ここのアルバイトの報酬は魅力的ですから」

そう返事をしながら、ベンヴェヌータさんと握手を交わす。

私はもう、ここでのバイトを何度か経験している。

「もう一人の手伝いの方は……もしかして、聖女様かい……？」

「はい。ラッセルベル教会の聖女を務めさせていただいております、メルヴィと申します。どうぞよしなにお願いいたします」

メルヴィ様がスカートの裾をつまみ、優雅にお辞儀をする。

「あたしはこの防具店の店長のベンヴェヌータだ。今日はよろしく、聖女様」

「はい、こちらこそ」

二人は穏やかに握手を交わす。

「…………」

「ベンヴェヌータさん？」

しかし、なぜか店長さんが渋い顔をしている。

「……今日、馬車馬のように滅茶苦茶働かせたからって恨まないでくれよ？　教会の力を使って、仕返しにこの店潰したりとかしないでくれよな……？」

「しませんよ、そんなこと……」

そうは言うが、ちょっとビビる私たちであった。

「さぁ、急がせて済まないが、さっそく仕事に入ろう。本当に余裕がないんでね」

そう言いながら、ベンヴェヌータさんが私たちを案内する。

店の中を横切り、従業員用の扉を開ければ、そこが裁縫室だ。

仕事台となる机が並び、そこで従業員の皆さんが青い顔でせっせと針を動かしている。最新式の足踏みミシンも幾台か導入されており、そこでは目にも止まらぬ速さで服が縫われている。

「じゃあ二人はこの机で仕事をしてくれ」

「はぁい」

「はい」

「仕事の内容は……」

机の一部を割り当てられ、私はメルヴィ様と並んで作業の説明を聞く。

仕事の内容は主に従業員の皆さんの補佐だ。難しい部分は本職の方たちがやり、他の、雑多でしかし量の多い部分を私たちが手伝う。

「じゃ、頼んだよ」

「はい」

一通りの説明を受け、作業が開始される。

「うおおおおおおぉぉぉぉぉぉっ……！」

「うらああああああぁぁぁぁぁぁっ……！」

強烈な雄たけびを上げながら仕事を開始したのは、私たちではない。サティナ様とベンヴェヌータさんだ。

彼女たちは手元がよく見えないほどの速度で手を動かし、鬼のようにてきぱきと仕事を進めていく。目はぎらつき、もはや殺気まで漂わせている。

納期という魔物に追われている者の姿であった。

サティナ様の仕事は私たちとは別枠だ。長年の家の手伝いの経験から、彼女はもうプロの領域にいる。手伝いじゃなくて本職の方と同じ仕事をこなしている。

「……私たちは落ち着いて自分の仕事をこなしましょう」

「そうですね」

メルヴィ様と頷（うなず）き合う。あのような修羅（しゅら）の姿にはなれそうにない。

私たちは自分のペースで作業を開始した。

針を動かし、服を縫う。手触りから、この服の素材が高級品であると分かる。柔らかく、しかし防御力の高い素材だ。これを手に入れるためには厳しいダンジョンを攻略して、お金をたくさん稼がなければならないだろう。

冒険者たちは自分の命を守るために、必死で防御力の高い高価な服を手に入れようと努力をしている。その姿が目に見えるようだった。

私たちの仕事は誰かの命に関わっている。そう思うと、身が引き締まる思いであった。

「…………」

隣にいるメルヴィ様をちらと見る。

彼女の仕事もまた丁寧で繊細だった。白く小さな手で針を動かし、チクチクと服を縫っていく。

丁寧な仕事だがスピードは遅いわけではなく、慣れた手つきで針と糸を扱う。

その姿を見て、家庭的、という言葉が頭に浮かんだ。

小さな体で一生懸命服を縫うその姿は、まるで夫を一生懸命支える妻のようであった。

胸元に生地を持ち上げ、いそいそと布に針を通していく。

落ち着いた様子で家庭的な作業をこなす彼女からは、慈愛のようなものすら感じられる。

「…………」

裁縫をするだけで楚々とした雰囲気が滲み出ている。彼女の体から、家庭的で温かな空気が溢れ出ているかのようである。

まさに聖女。清楚で貞淑な女性だ。

良妻、聖母といったイメージすら感じられる。表情もとても柔らかく、彼女を見ているだけでこちらまで癒やされるようである。

「いやー、嫁にほしい……」

「ふぇ？　なんですか、リズさん？」

私の小さな呟きが聞こえなかったのか、メルヴィ様がきょとんとして小首を傾げる。かわいい。

ただ、私の声に反応したのは本人ではなく、少し離れた場所に座っている人物だった。

「わかる～～～っ……！」

「わっ⁉」

「きゃっ……⁉」

席からがばっと立ち上がりながら、店長のベンヴェヌータさんが大きく反応した。突然の大声に驚き、従業員さんと私たちはびくっと身を震わせる。

「メルヴィ君を嫁に欲しいって気持ち、分かる～～～っ！　めっちゃ分かる～～～っ！　メルヴィ君と結婚する人はそれだけで幸せになれそうな感じがするもんなぁ～～～っ！」

「え……」

「えぇっと……？」

急にテンションが高くなったベンヴェヌータさんに、私たちは困惑する。私の呟きに反応した結果ではあるのだが、一瞬で私は彼女のテンションに付いていけなくなる。

ベンヴェヌータさんは嬉しそうに叫ぶ。

「メルヴィ君にはぜひあたしの嫁に来てほしいっ……！　毎日家で温かいご飯を作ってもらえるんだろっ⁉　掃除洗濯をしてくれて、家に帰ったらメルヴィ君が出迎えてくれる。くぅ～～っ！　想像しただけで幸せな生活だなぁっ！」

「い、いや、そのその……ベンヴェヌータさんは女性ですから、ほしいのは嫁じゃなくて彼氏では……？」

　メルヴィ様は当たり前の疑問をぶつける。

　しかし、店長はぶんぶんと首を横に振った。

「違うんだよっ！　嫁さんがほしいんだよっ！　独身女性の生活に温かさを与えてくれて、自分をちやほやしてくれる嫁さんがほしいんだっ！　分かるかぁっ⁉」

「え、えぇっと……？」

「仕事ばっかりの孤独な生活に、温かいご飯を作ってくれる優しい嫁さんがほしいんだ！　分かるかぁ⁉　独身女性の辛さが分かるかぁっ……⁉」

「はいはい、バカなことばっか言ってないで、もっと集中してくださいっすねー」

　サティナ様がてきぱきと作業を進めながら、呆れたように彼女を諫める。

　さすがはベンヴェヌータさんと付き合いの長い人たちである。私たちはまだ彼女の言動に動揺しているというのに、周りの従業員さんたちはもう平常心を取り戻し、作業に集中し始めている。

　彼女の奇行には慣れている、とでも言うかのようであった。

「いや、待て。お前らはあたしのことをバカにしているようだが、あたしのようになったらいずれお前らも分かるようになる」

「な、なにがっすか……？」

ベンヴェヌータさんは周りの人たちに忠告するかのように言葉を発する。その声は低く、なぜかとても迫力がこもっていた。

「彼氏より、嫁さんがほしくなるのだ……。一人暮らしが長く、弁当ばっかり食べるようになるとな……」

「…………」

どうしてだろう。

その言葉にはなんだかとても重みがあり、いろいろ考えさせられ、私たちは彼女のことを笑うことができなかった。

「気を付けろよ。いいか？　彼氏より、嫁さんやペットがほしくなったらおしまいだからなぁ？　あたしのようになるなよぉ……？」

「…………」

それは人生の先輩の重い金言だった。

……ああはならないように頑張ろう。皆は深く頷く(うなず)のだった。

そんなバカな会話を挟みながら、仕事は続く。

鬼気迫る従業員さんたちの超効率化された仕事のおかげで、どんどん服が縫い上がる。

次から次へと出来上がった服が積まれて、大きな山となっていく。

「これなら意外と早くできそうじゃないですか？」

山積みになっている服を見ながらそう言う。後もうちょっとで終わりそうじゃないかと感じるほど、たくさんの服が積み重なっている。

少なくとも徹夜にはならなそうな進行速度だと思うのだけれど……。

「残念ながら、そんなことはないよ。予定通り徹夜コースの進行具合さ……」

しかし、ベンヴェヌータさんから返ってきたのはそんな否定の言葉だった。

さらに渋い顔で、苦しそうに続ける。

「まだこの服は完成じゃないんだ。これからこいつらには防御用の紋様付与魔法を施さないといけないのさ」

「あぁ……」

それを言われて納得する。

『紋様付与魔法』というものがある。

それは防御魔法をあらかじめ防具に仕込んでおく、という種類の付与魔法であった。

冒険者や戦士の方が使う戦闘服は、素材による防御力に頼るだけでなく、魔術的な防御も仕込むのが良いとされている。

刺繍（ししゅう）や刻印によって服や防具に紋様を刻み、そこに防御魔法を染み込ませていく。それによって永続的に防御力を上げたり、炎耐性や毒耐性など様々な効果を付与させることができる。

　それが紋様付与魔法であった。

　ちょっと値段がお高いから、購入できる人は限られるけれど。

「紋様付与魔法に使う刺繍部分はだいたい縫い終わったんだけどねぇ。そこに魔法を染み込ませる作業にとっても時間がかかるのさ」

「なるほど。ここからが本番と言っても過言じゃないんですね？」

「その通り。全く、嫌になるさ」

「一着、付与魔法仕上がりましたー」

　そう話していると、メルヴィ様がとととと、と小走りでこちらにやって来て、完成した服を目の前のテーブルに置く。

　どうやらメルヴィ様は、少し前から紋様付与魔法の手伝いの作業に入っていたらしい。しっかりと魔法が染み込んだ戦闘服が一着完成した。

　ベンヴェヌータさんがそれを手に取り、確認する。どうやら申し分ない仕上がりだったようだ。彼女は満足そうに小さく頷（うなず）いた。

　それを見て、メルヴィ様が元の作業場に戻っていく。次の一着に紋様付与魔法を刻むのだろう。

「しかし……」

私はすぐ傍らにある服の山に目をやる。

「これ全てに紋様付与魔法を刻むんですか……？」

「頭痛くなるだろ？」

「えぇ……」

先ほどまで完成品だと思っていた服の山が一転、残った作業の量を表す山と化す。

ずっしりと気分が重くなる。

「……ちなみに、目算ではあとどのくらい時間がかかりそうなんですか？」

「そうだねぇ……。一人一着仕上げるのに一時間以上かかるから……、チーム全体で分担してやっても、あと十時間はかかりそうだね」

「あと十時間……」

思わず苦い顔になる。

大変なアルバイトだとは聞いていたが、実際にその作業量を聞くと愕然とする。

「やっぱり徹夜なんですね……」

「そうだな、徹夜だな……」

「もう一着仕上がりましたー」

私とベンヴェヌータさんが重苦しいため息をついていると、呑気な声を上げながらまたメルヴィ様がやってきて完成品を置いていく。

そして彼女は白い髪を揺らしながら、元の作業場へと戻っていった。

「…………」

「…………」

二人でその完成品を見る。

不具合はない。服も魔法も、仕上がりは申し分ない。

完璧な仕上がりの服がもう一着出来上がった。

「……？」

なんか違和感があった。

「……まぁ、この作業はどうしても時間がかかっちまうのさ。それは仕方がないのさ」

「そうなんですか？」

ベンヴェヌータさんが説明してくれる。

「あぁ。紋様付与魔法っていうのは、危険な場所で使うことが想定された魔法なのさ。戦場で生き残る確率を上げるため、安全な場所でじっくりと時間をかけて、強力な魔法を染み込ませることが重要なんだ」

「なるほど、初めから時間がかかる魔法として作られたわけですね」

「そうさ。人の命を守る大切な魔法さ。だからどんなに面倒でも丁寧に、じっくりと時間をかけて作業していくしかないのさ……」

「すみませーん、もう二着出来上がりましたー」

ベンヴェヌータさんが良い話をしていると、またメルヴィ様がやってくる。

今度は同時に仕上がった二着を持ってきた。

「…………」

「…………」

私たちは無言でその服をじっと見る。

完璧だ。非の打ちどころのない完成品がそこにあった。

「じゃあ、また作業に戻ります」

「ちょ、ちょっと待って……!?」

小さくお辞儀をしてまた作業場に戻ろうとするメルヴィ様を、ベンヴェヌータさんが上擦った声で止めた。

「早過ぎる……!?」

「え?」

「紋様付与魔法が仕上がるのが早過ぎるっ……!?」

「え……?」

驚いて目を見開くベンヴェヌータさんに対し、メルヴィ様がきょとんとして小首を傾げる。

たった今、紋様付与魔法がどれだけ時間がかかるかを聞いていたところだ。

それがどうだ。メルヴィ様は次から次へと完成品を持ってくる。最初に服を持って来てから二、三分も経っていない。

その間にメルヴィ様は紋様付与魔法を仕上げたというのか……？

「…………」

メルヴィ様は、ベンヴェヌータさんの言っていることが分からないかのように、まだ首を傾げている。

しかし、どうしてだろう。私には悪戯小僧がとぼけているようにしか見えなかった。

「……ふっふっふ」

やがて、メルヴィ様が小さく笑いだす。

「そのその、曲がりなりにもわたしは勇者パーティーの一員。魔法の行使には自信があるんですよ……」

「ま、まさかっ……！」

「そうですっ！」

メルヴィ様は鼻を高くした。

「わたしは常人の百倍の速度で魔法を行使することができるのですっ！　このくらいの紋

様付与魔法だったら、一分もかからず仕上げることができるのですっ……！」

「な、なんだってーーーっ!?」

私たちは驚き、メルヴィ様はのけぞるように、大袈裟に胸を張った。

一着一時間以上かかる紋様付与魔法を、たった一分足らずで仕上げることができると言う。これはあまりに驚異的であった。

やはり、さすがは勇者パーティー。私たちとは実力が段違いなのだ。

しかし……、

「……なんかやたらとノリノリじゃないですか？　メルヴィ様？」

「こ、こういう時は謙虚にならず堂々としろって、カイン様が……」

そう言いながらメルヴィ様は少し恥ずかしそうに頬を染め、もじもじした。

あぁ、なるほど。カイン様なら言いそうである。

「女神や！　メルヴィ君はこの作業場に現れた女神やでーっ……！」

「ちょ、ちょっ……！　や、やめてくださいっ……！」

ベンヴェヌータさんや周りの従業員の方たちが涙目でメルヴィ様に抱きつく。そりゃ、作業効率が百倍の手伝いの方が現れれば、そうもなるだろう。

そんなこんなで、メルヴィ様の超高速紋様付与魔法の作業工程は進んでいった。

山のように積まれていた未完成の服が、どんどん魔法付与作業のラインに流れて、次から次へと完成していく。

メルヴィ様の魔法行使速度は本当に早い。まるで書類にハンコを押すかのように次から次へと防具に魔法を付与させていく。鼻歌混じり。余裕たっぷりでこの早さである。

十時間分の作業量なんてとんでもない。このままなら一時間で全ての仕事が終わるだろう。

……さすがは聖女様。圧倒的な魔術力を有している。

やはり勇者のパーティーというのは化け物揃いだったのだ。

「……凄いですね、メルヴィ様。強力な紋様付与魔法をこんな短時間で」

「…………」

私がメルヴィ様にそう語り掛けると、メルヴィ様がぽかんとした表情で私の顔を見た。

「……リズさんもできるでしょう?」

「へ？　いえ、絶対ムリですが……？」

「…………」

メルヴィ様は何を言っているのか。私は模範的とは言われるが、ごく普通の学園生にすぎないのだ。世界を股に掛けて戦う超一流の勇者様たちとは比べるべくもない。

私がきょとんとしていると、どうしてだろう、メルヴィ様が眉間に皺を寄せながらこう言った。

「……あんなへんてこなピンクの服に、あれだけの紋様付与魔法を組み込んだ人が何を言っているんです」

「……？」

メルヴィ様の言葉に、私は首を傾げざるを得ない。

なんだろう？　へんてこ？

ピンクの服……？

メルヴィ様のおっしゃっていることが全然分からない。

「……何でもないです。忘れてください」

小首を傾げていると、メルヴィ様は私から視線を逸らして大きなため息を一ついた。

「……？」

なんだろう？　この感覚？

まるで問題児に手を焼く先生が、疲れ果ててつくため息のような……？　その丸まった背中は哀愁すら感じさせる。

私、メルヴィ様に呆れられてる……!?

なんでだっ!?

「終わったーっ……！」

「終わったっすー！　やったー……！」

その時、ベンヴェヌータさんとサティナ様の歓喜の声がこの部屋に響き渡った。

どうやら作業が終わったようだ。本当に一時間とちょっとで終了した。徹夜覚悟の厳しい仕事が思ったよりもずっと早く終わり、従業員の方たちも皆雄叫(おたけ)びを上げる。皆がメルヴィ様に近づき、握手をする。

喜びの熱気に流されるまま、私はなぜメルヴィ様に呆れられたのか分からずじまいであった。


そうして私とメルヴィ様のバイトは終わった。

「さぁっ！　お礼だ！　店にある好きな服をいくつか持っていきなっ……！」

「やったーっ！　わーい！」

「え……？　えっ……⁉」

私たちは閉店した後の店の中に通され、ベンヴェヌータさんが満面の笑みで言った。

これだ。

この防具店のバイトの良いところは、バイト代の他にお店の服を数点プレゼントしてくれることなのであった。

この店の服はファッションデザイナーとしての顔も持つベンヴェヌータ店長が直々にデザインしており、素晴らしいものばっかりだ。それをおまけとしてもらえるのだから、すっごいお得なバイトなのである。

「えっ……？　えっ、えっ!?」

メルヴィ様がバイト代の入った封筒を手に持ったまま、おろおろしている。

お給料ももらっているのに、さらに服までもらっていいのか。そんな感情がありありと伝わってくる。

「遠慮しなくていいすよ、メルヴィ様。このプレゼントは店長の趣味っすから」

苦笑しながらサティナ様がメルヴィ様に説明する。

「この人、可愛い女の子にいろんな服を着せるのが好きなんすよ。プレゼントと称して、女の子に似合う服を選ぶのが楽しくて仕方ないって感じなんすね」

「そうだぞ、メルヴィ君！　だからむしろ、あたしのために服をもらってくれ！」

「は、はぁ……」

胸を張るベンヴェヌータさんに、メルヴィ様が若干戸惑っていた。

私はもう遠慮せず、バイトに来るたびに毎回服をいただくことにしている。さすがに本職だけあって、ベンヴェヌータさんの選ぶ服はどれもセンスが良く、私の日常生活ではこの服たちがとても重宝しているのだ。

「はぁ、はぁ……。美少女に着せ替えができる……。はぁ、はぁ……」

「…………」

ただ、この時のベンヴェヌータさんはとても鼻息が荒くなる。

本当にお礼と趣味を兼ねているのだ。

少しヤバい。

「……この人、ほんの少しリズさんと同じ匂いがします」

「えっ⁉　メルヴィ様っ……⁉」

唐突なメルヴィ様の発言に、驚かざるを得ない。

どうしてこんな様子のベンヴェヌータさんに、私と同じ匂いを感じるのかっ⁉　似ても似つかないじゃないか！　私はこんなに清楚で清純なのにっ……！

私は一体彼女にどう思われているのかっ……⁉

ちなみにサティナ様はこういう時服をもらわない。「この程度の手伝いで毎回服をもらってたら、うちの部屋が服で満杯になっちゃうっすよ」とは、彼女の談だ。

さすが手伝いマイスターである。

そうして私たちのファッションショーが始まった。

「うーん……こっちの方がいいか……？」

唸りながら、ベンヴェヌータさんが私たちに服を見繕う。

私は明るい色のキャミソールの上に、ショート丈の白のカーディガンを羽織る。下に軽やかなスカートを合わせると、清潔感のある少女らしい雰囲気が醸し出された。

メルヴィ様はエレガントなラインのワンピースの上に、大きめのサイズのケーブルニットを着ていた。温かみのあるそのケーブルニットの服が、彼女の穏やかなイメージによく合っている。

「うんうん、いい感じいい感じ。次いってみよう」

ベンヴェヌータさんが小さく頷きながら、次の服を持ってくる。

試着室のカーテンが忙しなく閉じたり開いたりして、私たちは次々と新しい服を着せられる。

次に私はレースのトップスに短めのラップスカートを合わせる。動きやすいカジュアルな感じに纏まっていながら、とてもおシャレに仕上がっている。

メルヴィ様は白色のスカラップのブラウスに、下はふわりと広がったプリーツスカートの組み合わせ。彼女の可愛らしさを前面に押し出したコーデだ。

やはりベンヴェヌータさんが見繕ってくれるだけある。

どれもこれも素晴らしい。

「さてさて、次はどうするか……」

ベンヴェヌータさんがせっせと服を持ってくる。

その顔はとても楽しそうで、しかし同時にものすごく真剣味を帯びていた。女性に服を見繕うのは彼女の趣味であり、だからこそ完全に本気だ。

のめり込み具合で言ったら、さっきの仕事の時よりも凄いかもしれない。

私たちはこの中から数着の服をいただくつもりだ。

だが、迷っている暇すらないほど素早く、ベンヴェヌータさんが次から次へと服を持ってくる。

私たちは目を回す。

どの服も良く、選びきれない。

とっても幸せな時間だった。

「……え？」

――しかし、その時問題が起こった。

持ってこられた服のうちの一着が、あまりに特異だった。

「ちょっと!? これはなんですかっ……!?」

試着室のカーテンを勢いよく開け、苦情を言う。

「おぉっ！ やっぱり着てくれたか……！」

「うひゃぁー……」

その服を着た私を見たベンヴェヌータさんは歓喜の声を上げ、サティナ様はほんのり頬を赤くしながら呆けたような声を出した。

その服はなんとも煽情的だった。

肌の露出が多い黒のネグリジェで、胸元が大きく開いている。丈も短く、パンツが見えるか見えないかといったギリギリの長さしかない。

どう考えても夜の情事用である。

「これ明らかにエッチな服ですよねっ……!?」

「うむ、うむ。良い。実にエチエチだ……」

ベンヴェヌータさんは何度も噛み締めるように頷いた。

私のネグリジェ姿にとても満足しているのがわかる。

「こういう悪戯はやめてくださいって言ってるでしょ……！」

「でもリーズリンデ君はなんだかんだ言っても着こなしてくれるから、あたしはとっても幸せなのさ……」

「服をいただく手前、断りにくいんですよっ！」

この人は時々こういうふうに悪戯用の服を混ぜてくる。ちょっとエッチな服だったり、何かのコスプレだったり、それを着る私を見て楽しんでいるのだ。

そして、それはとても断りにくいものであった。なぜなら着ないで文句を言うと、この人は本当に子供のように悲しそうな顔をする。

しゅんとなり、「そうか……、嫌だったか……」と寂しそうな雰囲気を発しながら、小声でそう言う。

ご厚意に甘えて服をいただくのが申し訳なくなるほど、肩をがっくり落とすのだ。それを計算なく、本当に無邪気にやるものだから困ってしまう。

「…………」

……そういうエッチな服を着てみたいという気持ちは私にはない。

ないったらない。

エッチな服でも、やはりこの人はセンスがあるなぁ、とかは断じて思わない。仕方なく……とっても仕方なく、私はイヤイヤ悪戯で選んだ服を着ているのだっ……！

着たいなんて気持ちはないったらないのだっ！

「いやぁっ、素晴らしいっ！　眼福だっ！　ありがとう！　本当にありがとうっ……！」

「ぐうううぅぅ……」

ベンヴェヌータさんが手を叩いて喜ぶ。無邪気か。

「いやぁ、リズ様は毎回毎回エッチっすよねぇ……」

「ぐぬぬぬ……」

サティナ様がちょっと恥ずかしそうに顔を赤くしながらも、私の姿をじっと眺めている。

恥ずかしいのは私の方だよ！

「うぐぐぐ……」

ギャラリーから見つめられ、私の肌が赤く火照っていく。黒色のネグリジェの布地部分は小さく、赤くなった肌を隠してはくれない。

これさえなければなー！　この店長の悪癖さえなければ、ファッションデザイナーの方に服を見繕っていただける最高のご褒美なのになぁー！

「あ、あのあのー……」

「……っ！」

その時、隣の試着室から控えめな声が聞こえた。

そこでやっと、ヤバイ状況に気付く。

そうだ、今日は私だけでなくメルヴィ様もいるのだ。

これはまずい。大教会の聖女様にこんな服をお着せするわけにはいかない。店長の悪戯で、本当にこの冒険者ギルド全体がお取り潰しになりかねない。

「メ、メルヴィ様……!?　変な服が混ざっていますが、無理に着なくても大丈夫で……！」

「ちょ、ちょっとびっくりして着替えるの遅くなっちゃいました……」

「……っ！」

しかし私の制止は間に合わず、メルヴィ様の試着室のカーテンがゆっくりと開いた。

「…………」

「…………」

そして、私たちは息を呑む。

そこに天使がいた。

メルヴィ様が私と同じ黒のネグリジェを着ている。

少しサイズが合わないのか、胸元に手をやって恥ずかしそうにもじもじし、上目遣いで皆を見ている。

「す、少し恥ずかしいですが……ど、どうですか……？」

「…………」

そう聞く聖女様に対し、私たちは何も言えず、ただごくりと生唾を飲み込んだ。

可憐な少女の煽情的な姿態。白色の綺麗な髪と対照的な黒いネグリジェ。白磁のような白い肌がうっすらとピンク色に染まり、その肌が黒色の布地から透けて見えて、淫靡な美しさが醸し出される。

清楚と色香の二つの空気が混ざり合い、私たちを魅了する。

この場にいる皆は胸のざわつきを抑えることができなかった。

「天使だ……」

まるで自然と口から漏れてしまったかのように、ベンヴェヌータさんが小さな声でそう呟いた。

感激し過ぎて、ちょっと涙ぐんでいるほどだ。

やっぱりこの人少しやばい。

「い、いやぁ……そ、想像以上に艶やかです。メルヴィ様……」

「そ、そうっすね……同じ女なのに緊張しちゃうっす……」

どうですか、と聞かれ、どぎまぎしながら感想を返す。

私たちは緊張するほかない。

だって天使が目の前にいるのだ。

恥ずかしそうに頬を染めながら、しかしそんな姿ですら淫靡に感じさせられる悪魔のような天使が、そこにいるのだ。

やばい……。これは魔性の聖女だ……。目が釘付けになって離せない。

「あのあの……」

そこでメルヴィ様がもう一つ、私たちに質問をした。

「こ、この格好、カインさんは気に入ってくださるでしょうか……？」

「え……？　あ、あぁ。メルヴィ様のその姿を見て喜ばない男性はいないと思うっす、よ……？」

サティナ様がそう返すと、メルヴィ様は更に顔を赤くして、蕾がほころぶように、てへへとはにかんだ。

「じゃ、じゃあ……この服もいただいちゃおうかな……」

「…………」

嬉しそうに照れ照れとはにかむメルヴィ様を見ながら、私たちは硬直してしまう。

清純という言葉が代名詞のような聖女様が、少し淫らな服を着ながら、男性が喜んでくれるかどうかを気にして微笑んでいる。

彼女とカイン様が婚約しているのは皆知っている。

しかし、改めてこういう姿を見ると……なんというか……。

メルヴィ様ってもしかしてすっごい大人……？

「……きゅうぅ」

「あぁっ!?　て、店長が倒れたぁーっ……!?」

「店長があまりの尊さに耐えきれず倒れたぁーっ……！」

ベンヴェヌータさんが鼻血を出しながらぶっ倒れてしまった。

二十代半ば、彼氏なしの店長にとって、メルヴィ様の姿は刺激が強過ぎたようであった。

この日、彼女はそのまま再起不能となり、いろんな意味で長かった今日のバイトは、ようやく終了するのであった。

メルヴィ様と一緒に、帰り道を並んで歩く。

バイトが終わり、後は帰宅するだけとなっていた。

帰り道と言っても、メルヴィ様が滞在しているのは冒険者ギルドが管理している高級ホテルである。防具店からそんなに距離はない。

私は学園の寮に住んでいるのでそこに帰るのだが、取りあえずすぐ近くであるメルヴィ様のホテルまで、彼女を送る。

「色々騒がしい一日でしたね」

「あはは、そうですね……」

その声に若干苦笑いがこもってしまうのは仕方がなかった。

結局あの後ベンヴェヌータさんは目を覚まさず、挨拶もできないまま私たちは防具店を後にした。

大丈夫でしょうか……、と心配するメルヴィ様に対し、ほっときゃいいんすよ、たまにある事っすからと、長い付き合いのサティナ様が軽い様子で言っていた。

無情であった。

「ところで、その……」

「はい？　リズさん？」

私は気になっていた質問をメルヴィ様にぶつけてみる。

「さ、先ほどいただいたあの……黒いネグリジェ……。メルヴィ様はどうするんですか？」

ちょっとおどおどしながら尋ねてみる。

結局私たちはあのネグリジェをもらってしまった。しかし、私の手には余るものだ。有効に利用する機会も、扱いきれる自信もない。

彼女はどうするのだろう……？

そうしたらメルヴィ様はにこっと笑って、

「どうするもこうするも、今日は普通にあれを着てカインさんの部屋に行こうかと思ってますよ」

そう答えた。

「…………」

私は開いた口が塞がらなかった。

「あ、もうホテルですね。じゃありズさん。今日はここで……」

メルヴィ様は上品にお辞儀をして、前へと歩きだす。

動ぜず、一切の緊張もなく、軽い足取りでホテルに入っていく。

向かう先は自分の部屋か、カイン様の部屋か……。

「お……」

私は唇を震わした。

「お、大人ダーッ……！」

すげぇ……。メルヴィ様、すげぇ……。

メルヴィ様のお言葉に圧倒されながら、彼女の後ろ姿を見送る。

聖女メルヴィ様は余裕のある大人の女性であったのだ。

初心(うぶ)な私はその聖女様のレベルの高さに驚きながら、ただ石のように固まるしかないのであった。

第16話 【過去】新世界超人の超高性能な服

とある村に貧しい孤児院があった。

満足に食事も与えられないほどその孤児院は貧乏であり、子供たちの服が破れても、新しいものに買い替えるような余裕はない。

建物の壁に穴が開いてもそれを補修するお金もない。隙間風に凍(こご)え、雨漏りを凌(しの)ぎながら、ボロボロの毛布にくるまって夜を過ごす。

そんな貧しい孤児院だった。

しかし、そこに住む子供たちは逞(たくま)しく生きていた。

教会のシスターに面倒を見てもらいながら、毎日を一生懸命過ごしている。

子供ながらに村の畑仕事を手伝い、山に入っては山菜を採る。それでもお腹(なか)はいつもぺコペコで、けれど苦境にくじけず子供たちは毎日を精一杯生きている。

その孤児院の皆は清貧な生活を送っていた。

「感動しましたっ……！　ぜひわたしたちにお手伝いをさせてくださいっ！」

目に涙を溜(た)めながらそんな言葉を口にするのは、偶然この村に立ち寄った勇者一行のメンバーの一人、聖女メルヴィであった。

彼女の熱い提案により、短期間だが勇者カインたちはその孤児院の仕事を手助けすることになった。

「ではでは、今日は皆で服を縫いましょうねー」

「はーい、聖女様！」

メルヴィの言葉に、子供たちが元気良く返事をする。

隣の街から、処分される予定の布切れをもらい受け、それを使って服を作っていく。

小さな布切れを繋(つな)ぎ合わせて大きな一枚の生地を作ることから始めなければならず、それはとても大変な作業であったが、誰もが一生懸命この作業を行っていた。

「この数日間、本当にありがとうございます。聖女様方……」

この孤児院の世話をする教会のシスターが、メルヴィたちに深く頭を下げた。

彼女は隣の街の教会に所属しており、この場所に毎日足を運んでいる。各地の孤児院を管理するのも教会の仕事の一つであり、このシスターは深い慈愛をもって子供たちの面倒を見ていた。

「いえいえ、こうした巡り合いも神のご意思ですので」

メルヴィが優しい笑顔でそう答える。

まさに聖女といった清廉さであった。

「さすがは聖女様です。わたくしも教会に所属する身。メルヴィ様のお噂はかねがねお聞きしておりました。一切の穢れのないそのお心、噂に違わぬものと確信いたしました」

「一切の穢れのない……」

シスターからの賛辞を聞き、メルヴィは照れるでもなく、鼻を高くするでもなく、なぜだか悲しそうに遠い目をした。

「穢れがなかった頃が……懐かしい……」

「……？」

「いえ……なんでもないです、なんでもありません。長い時が過ぎ、いろいろ経験しました……世界は広いのですから……」

「……？」

聖女メルヴィはこの旅を通じ、もう立派な大人の女性になっていた。

大分穢れているのだ。

だけどメルヴィは挫けず、ただ胸を張る。そこに恥ずかしいことなど何もなく、ただ上るべき大人の階段を上っただけなのだ。

シスターには分からない。

今や聖女は余裕のある大人の女性なのであった。

そんなこんなで孤児院の子供たちと楽しく会話しながら、一緒にちくちくと服を縫う。

勇者チームの男性陣とレイチェルは山深く分け入り、狩りをしている。彼らは裁縫班と食料調達班に分かれていたのだった。

カインは「ちっ、めんどくせー。めんどくせーなー」と言いながら山の中に入っていったが、それでも誰よりも熱心に仕事をするだろう。

そんな生真面目な面が彼にはある。

こういった慈善活動については、勇者チームは金銭による援助は行わないことにしていた。

お金が足りず貧しい暮らしをしなければならない所などいくらでもあり、それを全て救うことなんてできないし、そんな貯えもなかった。

お金に関することに手を出して、思わぬトラブルになったこともある。

だから彼らが誰かを手助けする時は、金銭的な援助ではなく、自分たちにできる範囲のことを行っていた。

「できたーっ！」

やがてたくさんの服が出来上がる。

正直言って、出来栄えとしてはみすぼらしいと言うほかない。処分前の品質の悪い服を縫い合わせており、色合いもまちまちで、至る所に繕（つくろ）った跡が見える。

しかし苦労して作った分、喜びもひとしおだった。

「ありがとう、お姉ちゃんたちーっ！」

「よろしいんですよ。それを着て温かく過ごしてくださいね」

「はーい！」

聖女はにっこりと微笑み、子供たちは今作ったばかりの服を着て、逞しく笑ったのだった。

「ところでリズお姉ちゃん、何してるの？」

「はい？」

そんな中、少し離れた場所でまだ何か作業をしているリズの姿があった。

もう皆の分の服を縫い終えたというのにまだ針を動かしており、子供たちが首を傾げながら彼女に近づいた。

「ピンクの服ー？」

「何の服ー？」

リズはピンク色の何かを縫っていた。どうも普通の服のようには見えない。完成した形が見えず、子供たちは頭にはてなマークを浮かべていた。

「これはですね……」

リズがにやりと笑う。

「秘密ですが、すっごいものですよぉ？」

「えー？」

そのリズの笑みに、メルヴィとシルファは言い知れぬ不安を感じてしまった。


そしてそれから数日が経過した。

「申し訳ございません……。この孤児院の閉鎖が決定しました……」

「なっ……!?」

シスターの突然の告白に、メルヴィたちは驚き、目を丸くする。

シスターの話を聞くと、この孤児院は資金不足のため、存続が不可能だと判断されたとのことだった。

ここの管理を引き受けているのはシスターの所属する隣の街の教会である。そこが孤児院の閉鎖を決め、土地を売却するという結論を出したらしい。

「申し訳ございません……皆様にはとても良くしていただいたのに、こんな結果になってしまい……申し訳ございません……」

シスターは青い顔をしながら暗い声でそう言った。目からは今にも涙がこぼれ落ちそうだった。

しかし、それに対してメルヴィが困惑の表情を浮かべた。

「それは……おかしいですね……？」

何かを考えるように顎に手を当て、眉を顰めていた。

「メルヴィ？　何か知っているのか？」

「カインさん……。あのあの、この国では、孤児院には国と教会から補助金が出る制度が整えられているんです」

「補助金？」

「はい。孤児院はお金を稼ぐあてがないのが普通です。なので国と教会の本部が資金を出していて、それが地方の各孤児院に配られているんです」

解説しながら、メルヴィは情報を整理していく。

「補助金が少なくて、厳しい運営を強いられている孤児院の話は聞くのですが……閉鎖になるというのは、何かよっぽどの理由がないと……」

しかし結局答えが出ず、メルヴィはただ首を捻るしかなかった。

「それは……何か臭いな……」

カインが小さく呟いた。

そこから勇者一行は、その孤児院に関する調査に乗り出した。

何か怪しい動きはないか、何かおかしな点はないか。冒険の日々で鍛え上げられた情報収集能力を活かし、気になった点をつぶさに調べ上げる。

そして答えが出た。

原因は、孤児院の管理をする教会の司教であった。

その司教が孤児院に配られるはずだった補助金を着服し、私腹を肥やしていたのだ。

「そんなの絶対許せませんっ！」

メルヴィは憤慨（ふんがい）する。

カインたちはその司教の下に乗り込み、身柄を拘束することを決めた。

しかし、その司教は強か（したた）であった。

自分が調べられている事を察知していた。

そして勇者たちが攻め入ってくる直前に孤児院に乗り込み、子供たちを人質に取ったのだ。

「ふはははっ！　子供たちがどうなってもいいのか……!?　勇者ども！　まずは武器を置いてもらおうかっ！」

「ちっ……」

司教は孤児院の奥の部屋に立てこもった。

数人の子供を腕に抱え、刃物を突き付けている。

「どうします？　カインさん……？」

メルヴィはカインにそう囁く。

今、司教とカインたちは、孤児院の奥の部屋の中で睨み合っている。場は硬直しきっており、カインたちも司教も迂闊に動けない状況であった。

「あの程度の相手、なんとでもなるが……ところであのバカはどうした？」

この場にはなぜかリズの姿がなかった。

カインはリズの幻影魔法があれば、この状況は一発で解決すると考えたのだが、本人がここにいなかった。

あのバカ、で話が通じる。

「そのその……なんか、『あともうちょっとで完成するので先に行っていてください！』って言ってました」

「完成……？　なにがだ？」

「さぁ？」

メルヴィもカインも首を傾げる。彼女の行動はいちいち意味が分からなかった。

「私は逃げるぞぉっ……！　絶対に追ってくるんじゃないぞ!?　少しでも追ってくるそぶりがあったら、子供たちを一人ずつ殺していくからなぁっ……！」

司教が喚く。

人質に取られている子供たちは泣き叫び、シスターも悲痛な声を上げている。人質に取られていない子供たちもこの場に駆けつけ、友達を深く心配していた。

「……俺が高速で強襲を掛ける。サポートは頼んだぞ」

「……分かりました」

カインが傍にいる仲間たちに小声でそう告げる。

作戦は速攻。相手が反応できないぐらいの速さで攻撃を仕掛け、人質を害する余裕すら与えず行動する。仲間たちがそのサポートをする。

荒っぽい作戦に見えるが、勇者カインならば十分に可能な作戦だ。彼の動きが常人に見切れるはずがない。

「………………」

しかし、心配な点が一つある。

相手の司教の実力をカインたちが全く知らない点だ。

もし万が一、司教が強力な力を有していて一撃で仕留められない場合、作戦は失敗する。

「………………」

緊張が走る。

「私がっ！　私がこんなところで終わるはずがないっ……！　もっともっと金を稼ぎ、いずれ頂点にっ！　頂点に上りつめてやるのだぁっ……！」

「……いくぞ」

司教が犬のように吠え、カインたちは全身に気合いを漲らせた。

——その時だった。

「待てええええええええぇぇぇぇぇいいいっ……！」

「……！」

「……っ⁉」

突如、何者かの大声がした。

部屋の中からではない。建物の外からだ。

声の主の正体が分からない。

突然の大声に、司教もカインたちも体をびくっと震わせてしまう。

機先を制されて、カインたちは行動を中断する。司教は慌てながらも首を回し、声の主を探す。

「な、何者だぁっ……⁉」

「とおおおおおおおぉぉぉぉぉぉぉぉぉっ！」

「ぐおっ⁉」

その時司教の背後にある窓ガラスをぶち破り、謎の人物がこの部屋に乱入してきた。そしてそいつはその勢いのまま、司教に攻撃を仕掛けた。

司教は突然の事に対応できず、その謎の人物の攻撃をまともに食らってしまう。

敵の腕が人質から離れ、子供たちは解放された。

「ぐ、ぐぬぬ……お、お前、一体、何者……」

ダメージによろめきながら、司教は顔を上げてその謎の人物を見た。

「……は？」

そして唖然としてしまう。

そいつは奇怪なピンク色の服を着ていた。

「え……？」

「な、なに……？」

場がざわつく。

解放された子供たちも、その場にいるシスターも、目の前の謎の人物を見て、驚きのあまり目を見張った。

そいつがあまりに珍妙な姿をしていたためである。

「私が何者か知りたいか……？」

謎の人物が喋り始める。

そいつはピンク色の全身タイツを身に纏っていた。さらにピンク色の仮面で顔を覆い、金色のふわふわした髪を垂らしている。

そのピンク色の全身タイツには複雑な紋様が刻まれている。また、仮面で顔が見えず、一見するとそれが誰だか分からない。

そして何よりも奇抜なのが、その頭に女性もののパンツを被っていることだ。さらにピンクのタイツの上から男性もののボクサーパンツを穿いており、腰にはベルトの代わりにブラジャーが縫い付けられている。

とても絵にはできない格好をしていた。

ぞっとした。

司教もそいつを目の前にして、心の底からぞっとした。

「な、なんだ……貴様……」

「教えてやろう」

その全身ピンクの変態がポーズを取った。

「私は新世界超人！　デンジャラスンジャー・ピンクッ……！」

「なにやってんだぁっ！　リズっ……！」

リズだった。

「違う！　私はリズではない！　私は新世界超人！　デンジャラスンジャー・ピンク！」

「いいからこっちに来なさい！　リズ！」

カインはお怒りだった。

ゲンコツしたいが、ちょっと遠かった。

「な、なにあれ……」

「ひぃぃ……」

「怖いぃ……」

司教は、解放された子供たちと一緒になって震え始めた。

「きょ、教育に悪い……！」

シスターも混乱し始める。

阿鼻叫喚一歩手前だった。

「あ、あれは確かに……、デンジャラスンジャー・ピンク……!?」

「知っているのか？　メルヴィ？」

カインは説明を求めた。

「以前リズさんが話していたんです……。様々な性癖を拗らせた、五人組の戦隊ヒーローもののお話があったら読んでみたいなぁって……。まさか、リズさん、それを自分で再現して……？」

「アホかよ」

つまり、特に意味はなかった。

「見てください、カインさん。リズさんの着ているあのピンクタイツ。恐ろしいまでの紋様付与魔法が刻まれてますよ？」

「……うわ、マジだ。……えっぐ！」

「リズさん、裁縫の時これ作ってたんだぁ……」

ピンクのタイツには、全身に紋様付与魔法が刻まれている。

性能だけ見れば、世界中を探してもこれほどの防具は滅多に見ることができないだろう。複雑な紋様が絡み合って、防御力向上、状態異常耐性、身体能力向上などなど、数百にも及ぶ効果を付与させている。

超一流の冒険者でさえなかなか身に着けることができないレアな装備になっていた。

「…………」

しかし、この場にいる誰も、アレを着たいとは思わなかった。

「司教よ！　欲にまみれた薄汚ない悪党めっ……！　この正義の新世界超人デンジャラスンジャー・ピンクが成敗してくれる！」

「お、お前が言うかっ……!?」

司教は、頭にパンツを被った全身ピンクの変態に怒られた。

「世界中の子供の笑顔と、可愛い下着は私が守るっ！」

「おめーが害悪なんだよっ！」

「あ～いと勇気とあ～の子～のパンティま～もるた～め～♪　きょ～うも行～くんだ～♪

ゴーゴーッ！　デンジャラスンジャー♪　ゴーゴーッ！　デンジャラスンジャー♪　うぉ
～うぉ～♪」

「うっせぇ」

「ゆくぞっ！」

カインの小言を無視し、デンジャラスンジャー・ピンクは司教に攻撃を仕掛けた。

「う、うわぁっ⁉　来たぁっ……⁉」

変態が襲いかかってきて、司教はたじろぐ。

ピンクと司教が本格的に交戦を開始した。

ピンクは肉弾戦で挑み、司教は魔法主体で戦っている。子供たちはどさくさに紛れて室
内の安全な所に逃れたため、ピンクはのびのび戦っていた。

カインたちは手助けしない。

デンジャラスンジャー・ピンクとは、ちょっと関わり合いたくなかった。

「ぐわっ……！」

司教の魔法を食らい、ピンクが吹っ飛ばされる。

敵の実力は思ったよりも高かった。

孤児院の金を横領していたつまらない小悪党だが、どうやら自己鍛錬はそこそこ積んで

いたようである。

「くっ……！　このままでは勝てないっ！」

ピンクが呻く。

しかし、

「あのアホなに遊んでんだ？」

「さぁ？」

カインたちはぼそぼそと喋る。

敵が思ったよりも強いといっても、それは一般人に比べて、だ。

この数十秒の戦いを見て、とてもじゃないが自分たちに敵うような強さではないことは見て取れた。それこそ、リズが本気を出せば一秒もかからないだろう。

なのになぜかリズは司教を倒さず、むしろ苦戦をしているようなフリをしていた。

「しかし！　まだ希望はあるっ！」

ピンクは顔を子供たちの方へ向け、語り掛けた。

「皆っ！　私に勇気をくれ……！　元気な皆の声援があれば私はもっと強くなれる！　がんばれーって、声援を送ってくれ！」

「何言ってんだ、あいつ」

なんだかヒーローショーの様相を呈してきた。

「が、がんばれーっ！」

「負けないでーっ！」

子供たちの無垢（むく）な声援が飛ぶ。

子供たちの勇気が正義のヒーローをより強くする。

「あと、たまに『薄汚れたブタめー』って言ってくれると、もっと力が湧くぞっ！」

「おい、やめろよっ！　リズ！　子供を巻き込むなっ！」

趣味が混じり始めたデンジャラスンジャー・ピンクに、カインは怒った。

「がんばれーっ！」

「負けないでーっ！」

「うすよごれたぶためー」

「うおおおおおお！　みなぎってきたああああぁぁぁっ……！」

デンジャラスンジャー・ピンクは力強く立ち上がった。

「きょ、教育に悪い……」

「すみません、ほんと、すみません……」

シスターはどん引きし、カインはひたすら平謝りに謝った。

「くらえっ！　これが皆からもらった元気の力だっ……！　はあぁっ……！」

「ぐわぁぁぁっ！」

ピンクが『皆からもらった元気の力』と言いながら、普通の火炎魔法を放つ。それを食らい、司教がダメージを受ける。

敵が倒れてしまわない程度に手を抜いた攻撃だった。

「やったぁっ！　攻撃が効いたよっ……！」

「がんばれーっ！　ピンクーっ！」

だけど、子供たちは喜んで大はしゃぎだ。

悪い奴をやっつける正義の味方という単純な構図は受けがよく、子供たちは心からデンジャラスンジャー・ピンクを応援し始めた。

先ほどまで、頭に下着を被った変態に怯えていたものだが、子供の順応力は凄まじく、もうピンクの格好に慣れ始めていた。

「あわわ……きょ、教育に悪い……教育に悪い……」

「いや、ほんとマジで申し訳ない……」

シスターは本当に困っていた。

「しかしっ！　やはり、私一人ではこの強大な敵を倒しきれないっ……！　仲間が……仲間さえいれば……！」

またピンクが何かをのたまい始めた。そして、きょろきょろと周囲を見回す。

「むっ……！」

「え？」

そこで、ピンクとメルヴィの目が合った。

「そこにいるのは我が戦友！　デンジャラスンジャー・ホワイトではないか！　よい所にいてくれたっ……！」

「えぇっ……!?　わたしですかぁっ……!?」

いきなり話を振られ、メルヴィが心底驚く。

メルヴィはピンクの無茶振りに巻き込まれてしまった。

ピンクはどこからともなく白いタイツを取り出した。ピンクと同じようにブラジャーが縫い付けられた、デンジャラスンジャーのユニフォームであった。

「さぁっ！　ホワイトよ！　これを着て私と一緒に戦ってくれっ……！」

「嫌っ……！　嫌ですっ！　いやいやですっ……！」

ピンクがぐいぐいと白いタイツをメルヴィに押し付けようとし、彼女は必死に抵抗する。カインの仲間たちはさっと彼女たちから距離を取る。巻き込まれないようにするためであった。

「どうしたっ……!?　なぜ断るのだっ!?　我が戦友、デンジャラスンジャー・ホワイトよっ……!?」

「人違いですぅっ！　わたし、人違いなんですぅっ……！」

よく分からない言い訳が飛び出してくる。

「そうか、一緒に戦ってくれないのだな……」

「え……？」

ピンクが数歩下がり、メルヴィから離れる。

メルヴィにとってそれは予想外であった。いつものように勢いに押されてまた無茶をさせられるのかと思ったが、今回はなんだかリズが引いてくれそうな雰囲気があった。

そこでピンクが言う。

「ならば新たな仲間を募集しよう！　さぁっ！　集え、勇敢な戦士たちよっ！　私と一緒に戦ってくれ！」

「あ゛ぁっ……⁉」

そう言いながら、ピンクは子供用の全身タイツを数着取り出した。

ピンクは子供たちを勇敢な戦士の一員に仕立て上げようとしていた。

「ぼ、僕がんばるっ……！」

「あ、あたしも……一緒に戦いますっ……！」

「悪い奴からこの家を守るんだぁっ……！」

勇気ある少年少女たちが前に出て、ピンクの傍に駆けつけようとする。

今まさに、自分たちの家が悪い奴によって壊されようとしているのだ。何とかしたいと思う気持ちは彼らが一番強かった。

「ス、ストップー！　ストップー……！」

だけど、メルヴィが少年たちを止めようとする。その先に待っているのは変態への道だからである。

「わ、わたしがやりますっ！　わたしがっ……！」

そしてメルヴィは屈した。

子供たちをそんな道に進ませるぐらいなら、という慈愛の心で、自分の身をデンジャラスンジャー・ピンクに売った。

優しい彼女は純真な少年少女を見殺しにできなかった。

最低の脅しのようなものだった。

「おぉっ！　我が戦友、ホワイトよっ！　共に戦ってくれるかっ……！」

「戦いますよ、戦えばいいんでしょー、もー……。あー、意外と着心地いいのが無性に腹が立ちます……」

ピンクから白いタイツを受け取り、ぼやきながらメルヴィがそれを着ていく。

デンジャラスンジャー・ホワイトが爆誕した。

「では、いくぞっ！　ホワイト！　合体技だっ……！」

「え？　えぇっ？　が、合体技ってなんですか……!?」

事前の打ち合わせもないまま、合体技が炸裂しようとしていた。

無茶振りだった。

「ゆくぞっ！　SMダブルロープアクションッ！　『亀甲・後手縛り』いっ……！」

「え、えぇっと……こうですか……？」

必殺技の名前から技の中身を想像し、デンジャラスンジャー・ホワイトがピンクに動きを合わせる。

ホワイトはとても順応力が高かった。

「ぐわあああああああああぁぁぁぁぁぁぁぁぁぁあっ……!?」

亀甲縛りと後手縛りという二種類のSMプ○イ用の縛り方を同時に施され、司教は身動きが取れなくなった。

床に転がり、戦闘不能に陥った。

「やったぁっ！」

「正義の勝ちだぁっ……！」

子供たちがわぁっ、と喜ぶ。

ここに勝敗はつき、戦場に平和が訪れた。

悪の司教は破れ、新世界超人デンジャラスンジャーが孤児院の平和を守ったのだっ！

「ありがとーっ！」

「ありがとー、デンジャラスンジャーっ！」

子供たちが笑顔でお礼を言う。

「ははは、礼を言われるほどのことはしてないさ！　皆の笑顔が何よりの宝なのだ！」

「あのあの……、もうこれ脱いでいいですか……？」

ピンクは胸を張り、ホワイトは恥ずかしそうにしていた。

「さて、いつまでもここにいるわけにはいかないな。私はそろそろ退散させてもらうとしよう」

「え～っ!?　ピンク、行っちゃうのぉっ!?」

ここを離れようとするピンクに対し、子供たちは悲しそうな声を上げる。変態はかなり子供たちに懐かれていた。

「別れは誰だって寂しい……。だけど皆、これだけは覚えておいてくれ……」

ピンクは振り返って言う。

「悲しいことはない！　なぜなら、デンジャラスンジャーはいつだって君たちの心の中にいるのだからっ！」

「いなくていい」

カインが横から口を出した。

「ではさらばだ！　とうっ……！」

「ありがとうーっ！　デンジャラスンジャー……！」

ピンクは入ってきた窓から颯爽と出ていった。子供たちはいつまでもいつまでもデンジャラスンジャー・ピンクの背中を目で追い、手を振り続けていたのだった。

かくして、厳しい一日は終わった。

子供たちの笑顔は守られ、この地に平和が訪れた。

しかし、デンジャラスンジャーの戦いは終わらない。

そこに悪がある限り、デンジャラスンジャーはどこまでもどこまでも戦い続けるのだった……！

――後日、メルヴィとカインは、孤児院のシスターから

「ああいうのは子供たちの教育に悪いから、ほんとやめてください」

と怒られたのであった。

第17話　【現在】大戦士レイチェルへの誘惑

放課後、授業が終わったばかりのまだ空が明るい時のことだった。

「今日の一番のお目当ては何ですか？　ルナ様？」

「やっぱりあのパフェの店の新作ですわね。昨日から楽しみにしていましたわ」

校舎から出ながら、友達とお喋りする。

私はルナ様、サティナ様、アデライナ様といういつものメンバーと一緒に、遊びに行こうとしていた。

目的地はこの街の大型商店街だ。今日はそこに行ってショッピングを楽しむつもりであった。

何でも揃う大規模な商店街は、学園生にとっての憩いの場である。雑貨に服、アクセサリー、大きな書店。遊びたい時には、取りあえずそこに行けば間違いはなかった。

「ん……？」

そんな中、学園の門を出る間際にとある人物を見かけた。

「レイチェル様、こんにちは」

「ん……？　あら、リズじゃない」

勇者メンバーの一人、大戦士レイチェル様だ。

紫色の髪をツインテールにしており、気の強そうな目をしている。

彼女は小柄でありながら、巨大なハンマーを武器として戦う戦士であった。その巨大な質量の武器は彼女の体格と不釣り合いに見えるが、それを誰よりも巧みに使いこなし、今まで数多（あまた）の敵を葬り去っている。

最強の武人の一人であった。

レイチェル様が振り向き、言った。

「なにかしら？」

「あ、あーっと……」

なにかしら？　と聞かれて少し返答に困ってしまう。

そこにいたから何となく声を掛けてみただけだったのだが、それを素直に伝えるのはどうにもバツが悪い。

「……私たち、これからショッピングに行くのですが、レイチェル様も一緒にいかがですか？」

と、気付けば彼女を遊びに誘っていた。

「ショッピング……？」

ほんの少し目を丸くしながら、レイチェル様がそう呟く。

咄嗟に誘ってしまったが、隣の三人が嫌がる様子はない。むしろ勇者様一行の熱烈なファンであるルナ様は嬉しさと緊張がごちゃ混ぜになり、口からウェッウェッと変な音を漏らしている。

しかし、拒絶をしたのはレイチェル様の方だった。

髪を手でさっとかきあげながら、

「はんっ！　あたしはこれから一人で訓練をするつもりなの。あたしは誇り高い孤高の戦士！　誰かとつるんでショッピングなんて軟弱なことはしないわっ！」

と言った。

きつめに断られて、ルナ様がガーンとショックを受けている。

なるほど、これから鍛錬の時間だったのか。それは悪いタイミングで遊びに誘ってしまった。

「そうですか。それはお邪魔をしました」

「ええ。学園に編入したけれど、それはカインたちに合わせただけ。遊びなんかにうつつを抜かすつもりはないわ。あたしの望みは強くなることだけ」

レイチェル様は人を小馬鹿にするように胸を張る。

彼女は『ダーズの大峡谷』という場所の出身であり、そこは厳しい戒律によって己を鍛え上げる戦士たちの集落であるのだという。

彼女にとっては強さこそが何より尊く、誇りであるのだ。

確かにちょっと頑なで、鼻につくところもあるかもしれない。しかし、勇者メンバーらしいストイックさは立派だ。

私は小さくお辞儀をしながら言う。

「さすがです、レイチェル様。とても甘くて美味しいと評判のパフェをご一緒に、と思ったのですが……訓練のお邪魔をするわけにはいきませんね」

「むっ……!?」

「ん……？」

私がそう言うと、なぜかレイチェル様の体が強張った。

彼女の動きが止まり、表情が固まる。彼女の中に何らかの動揺が見える。

な、なんだろう……？

「とても甘くて、美味しい……パフェ……。パフェ……」

「レ、レイチェル様……？」

彼女が小さな声で何か呟き始める。

何か異様なプレッシャーが、彼女の体の内から発せられている。なにかに葛藤し、ぴしっと石のように固まって動かなくなってしまった。

殺気ではないのだけれど……なんでだろう、威圧感のようなものが滲み出ている。

「で、ではレイチェル様……私たちはここで失礼させていただきます。く、訓練頑張ってくださいね……？」

「…………」

なんだか怖くなったので、ぴたりと動きを止めてしまったレイチェル様をそのままにして、そそくさとこの場を後にしようとする。心が通じ合ったのか、ルナ様たちも私に合わせて無言のまま早足になる。

しかし、十歩ほど前に進んだ時、その場に佇んだままだったレイチェル様から、大きな声が発せられた。

「ま、待ちなさいっ！　リズっ……！」

「ひゃっ……!?」

後方から大きな声を掛けられてびくんと体が跳ね、驚いて振り返る。

レイチェル様が紫のツインテールを振りながら、ずんずんと私たちの方に近づいてくると、怒ったかのように顔を真っ赤にして、私たちの目の前に立つ。

そして、大きな声を上げた。

「……あ、あたしも付いていってあげるわっ！」

「へ……？」

胸の前で腕を組んで、威風堂々と、偉そうにふんぞり返っていた。

「ど、どど、どうしてもって言うんなら、一緒に付いていってあげるわ……！　ほ、本当はパ、パフェなんかに興味なんてないけど、あんたがどうしてもって言うのだから……し、仕方なく……仕方なくパフェに付き合ってあげるわっ……！」

「え、えぇ……？」

困惑する。

強い口調で言っているけれど、レイチェル様の顔は真っ赤だ。こんなに至近距離なのに、なぜか彼女と一切目が合わない。

「い、いや、その……だ、大丈夫ですよ？　無理して付き合っていただかなくても……」

「ふ、ふんっ……！　べ、別に興味なんてないけど……そ、そのパフェがどの程度のものか……た、試してあげる……！　ほ、誇り高き戦士であるあたしの前には、た、大したことないでしょうけどねっ……！」

「い、いや、そのぉ……？」

言葉が全然噛み合わない。

どっちの言葉も一方通行である。レイチェル様は威張るように胸を張っているが、その姿には全く威厳がなく、相変わらず目が合わない。

私は困って、後ろにいる友人たちに目だけで助けを求めるが、皆から目を逸らされる。

この大戦士様の相手をするのは荷が重いと、皆から重苦しい空気が伝わってくる。扱いが、まるで暴発しかけた火器のようだった。

あと、どういうわけか、勇者パーティーの人たちは皆、私を愛称のリズと呼ぶ。

なんでだろう……？

「ほ、ほら！　さっさと行くわよっ……！　リズ、ぐずぐずしないの……！」

そう言いながら、彼女は誰よりも率先してずんずん前を歩き始めた。私たちも彼女の背を追い、慌てて歩き始める。

……レイチェル様が仲間に加わった。

「なぁなぁ？　大戦士様って、アホなんか？」

「おっと、そこまでです、アデライナ様」

それ以上言ってはいけない。

小声の会話は幸いレイチェル様には聞こえず、私たちは商店街に向かって歩きだしたのだった。

そしていつもの大型商店街に辿(たど)り着く。

様々な店が軒を連ね、大勢の人で賑(にぎ)わっている。道幅は広く、建物も広々としているのだが、いつもたくさんの人でごった返しており、喧騒(けんそう)に包まれている。

この学園街で人気の場所の一つだった。

「ん〜〜〜っ！　とっても甘い〜〜〜っ！」

頬っぺたをとろとろに蕩けさせながらパフェを食べているのは、何を隠そうレイチェル様だ。

私たちは当初の目的通り、新作パフェを食べていた。

人気の高いその店の新作は、モンブランのパフェとプリンのパフェの二種類であった。一つは、マロンのムースの上にクリームが盛り付けられたモンブランのパフェ。もう一つは堂々とした大きなプリンに、プリンの味のクリームを添えたパフェである。

やはり人気の店は一味違う。新作のパフェを一口食べただけで、私たちは魅了された。

とっても美味しい。

「ん〜〜〜、幸せ〜〜〜……！」

美味しいのだが……。

「…………」

「…………」

皆でじっとレイチェル様を見る。

彼女は至福の表情を浮かべている。頬をピンク色に染め、口元をにやけさせながら、最高に気分が良さそうにパフェを頬張っている。

レイチェル様は少しばかり気難しい方だ。人当たりの良い方が多い勇者メンバーの中で、レイチェル様はどこか人を寄せ付けない雰囲気を発している。

前にアイナ様が媚を売ろうとして、撃沈していた。

しかし、今のレイチェル様はどうだろう。

頬っぺたにクリームを付けたまま、幸せそうにパフェを頬張っている。いや、幸せだと自ら言っている。

こんなに緩いレイチェル様は初めてだ。

彼女が学園に編入してから一か月ちょっと経つが、こんな姿は見たことがなかった。

「……なによ」

「…………」

じっと見ていたら、さすがに視線を気にされてしまった。

緩んだ表情をキッと引き締め、いつもの鋭い目付きに戻られる。まるで別人であるかのように、普段の凛々しい彼女が顔を出した。

……頬っぺたにクリーム付けたままだけれど。

「パフェ、お好きなんですね」

「べ、べべべ、別にそそ、そんなことないわよ……!?　そんなことないわよっ……！」

威厳は一瞬にして崩れ、レイチェル様は慌てて言った。

「あ、あたしはこんなもの好きでも何でもないんだけどねっ……！　リ、リズがどうしても……どうしても一緒に食べたいって言うからっ……！　嫌々……し、仕方なくよっ！　仕方なくっ……！」

「今更その言い訳は通用しないと思うで」

レイチェル様の言い訳を、アデライナ様がばっさりと斬り捨てた。

「こちらのプリンパフェもいかがですか？　レイチェル様？」

「ふん……！　別に要らないわ！　パフェなんてどれも同じじよ！　大して変わらないわ……！」

「まぁまぁ、そうおっしゃらずに……」

ルナ様が自分のグラスを差し出し、レイチェル様に餌付けをし始めた。

「ん～～～！　おいしいっ～～～～！」

「…………」

なんだか、だんだん面白くなってきた。

勇者ファンであるルナ様は途中までガッチガチに緊張していたというのに、今や彼女に餌付けして遊び始めている。レイチェル様の百面相が見たくて、自らのパフェを差し出したのだ。

ここに辿り着くまで、

「わ、わたくし、今レイチェル様と放課後デートしてる。放課後デートしてる……あわわわわ……」

と、緊張感が限界突破してちょっと変になっていたというのに、今やペットがおやつを食べる様子をにこにこと眺める飼い主のようである。

「凄いっすね、レイチェル様って」

「新しいおもちゃを見つけた気分や」

「ストップ。アデライナ様、ストップ」

それ聞かれたらまずいやつです。

レイチェル様の見てはいけない一面を見てしまった気持ちになりながら、私たちはパフェを食べ終わって店を出た。

「それじゃ、あたしはここで帰るわ」

「あれ？　もう帰られるのですか？　レイチェル様？」

別の店でショッピングを楽しもうと思ったら、彼女は帰ると言いだした。

「このまま一緒にショッピングを楽しみませんか？」

「悪いけど、あたし、必要以上に人と慣れ合うつもりはないの」

レイチェル様はふんと鼻を鳴らす。

「あたしは勇者パーティーの一員なの。ショッピングなんて軟弱な趣味に付き合って、時間をムダにする余裕なんてないから」

「…………」

レイチェル様から強い拒絶の意志を感じる。

彼女は排他的な性格だ。強さこそが絶対という価値観であり、実力の劣る学園生たちを少しバカにした目で見ている節がある。

そんな考えのため、勇者パーティーのメンバーであるミッター様がまだ弱かった頃に、彼とトラブルになったらしい。私はそんな話をシルファ様から聞いたことがある。

「…………」

しかしその価値観こそが、彼女の向上心の源なのかもしれない。

厳しい戦いを幾千と潜り抜けるためには、レイチェル様のような孤高を保つ生き方も必要だったのかもしれない。

勇者様たちの活躍によって平和を享受させてもらっている身としては、彼女の付き合いの悪さにケチを付ける権利なんてないのかもしれない。

ここは、彼女の意志を尊重しよう。

「そうですか。最近新しくできた、可愛いぬいぐるみ屋さんに行こうかと思っていたんですが……」

「…………」

レイチェル様の体がピクッと動いた。

「ですが、これ以上お時間を取らせるわけにはいきませんね。残念ですが、ぬいぐるみ屋さんには私たちだけで行きます。レイチェル様、今日はお付き合いくださってありがとうございました」

「…………」

なんだかレイチェル様が何かに葛藤するように体をピクリピクリと動かしているが、気のせいだろう。

私たちは彼女に挨拶して、そのぬいぐるみ屋さんへ向かおうと歩きだした。

「ちょぉぉぉっと待ったぁぁぁぁぁぁっ……！」

「…………」

そして、大きな声で呼び止められた。

「そ、そのぬいぐるみ屋さんとやらにあたしも付いていってあげるわっ……！　べ、別に興味なんてないけど……リズの頼みなら、し、仕方ないわっ……！　一緒に行ってあげるっ……！」

「…………」

「か、勘違いしないでよねっ……！　か、可愛いぬいぐるみになんて興味ないからっ！　あたしは武器を振るう的が欲しいだけなんだからね……！」

レイチェル様は腕を組み、そっぽを向きながらそう言う。顔は真っ赤で、まるで恋をする乙女のようであった。

……いや、ぬいぐるみを訓練の的にしないでください。その言い訳はどうなのかと。

「レイチェル様、ちょろ過ぎないっすか？」

「サティナ様まで冷や冷やするようなこと言わないでください」

ついにアデライナ様だけではなく、サティナ様まで暴言を吐くようになった。レイチェル様本人に聞こえてしまったら、どれだけへそを曲げられるか分かったものじゃない。

今日一日で、レイチェル様の株ががっくりと下がってしまった。

それから私たちは色々な店を回った。

可愛いぬいぐるみの店、綺麗なアクセサリーの店、お洒落な服がたくさんある店などなど。

レイチェル様は相変わらず、その都度帰ろうとするのだが、ちょっと煽るだけで彼女は簡単に付いてきた。

「あー、あのアクセサリー屋さんって本当にセンスがいいんですよねー！」「前の店にあったアクセサリーって、レイチェル様にとっても似合いそうですわー！」「行かへんのは損しよるなぁー！」と言うだけで、ひょこひょこ付いてくる。

その姿はまるで親のニワトリに付いてくる小さなひよこのようで、とてもとても可愛らしかった。

もはやショッピングを楽しむというより、どうすればレイチェル様が付いてきてくれるか、といったゲームに変化している節がある。

ルナ様、サティナ様、アデライナ様と協力し合い、次から次へとレイチェル様の興味をかき立てて帰れなくする。

偉大なる大戦士に対する敬意が、なくなってきていた。

……いやほんと、すみません。レイチェル様で遊んで申し訳ありません。

でも、とっても楽しいんです……。

「～～～♪」

レイチェル様がにっこにこの笑顔で、キャラメルマキアートを飲んでいる。

日も落ちかけてきた夕暮れ、私たちはお洒落なカフェでお茶をしていた。

「もうこないな時間か。結構遊んだなぁ」

「レイチェル様、今日はどうだったっすか？　楽しんでいただけたっすか？」

「ふ、ふんっ……！　ま、まぁまぁだったわっ！　そこそこ……そこそこねっ……！」

そう言うレイチェル様の横には、いくつもの紙袋が並んでいる。そこそこ、という表現では足りないほど、彼女はショッピングを楽しんだ。

……そ、そうだ。私たちは今日、レイチェル様で遊んだのではない。彼女に楽しい思いをしてほしくて、頑張ってエスコートをしたのだ。

そうだ。そうに違いない。

可愛い子を弄る（いじ）るような心理で彼女を連れ回していたわけではないのだ。私たちは訓練に明け暮れるレイチェル様に、学園生活の楽しさを味わっていただいたのだっ……！

「あれ？　リズにレイチェル。こんなとこで何してんだ？」

「え……？」

そんなふうに自分で自分に言い訳をしていた時、ふと横から声を掛けられた。

皆で声のした方に顔を向ける。

「カイン様……？　それと、その、ミッター様」

「あら、カインにミッター。どうしたの？」

そこにいたのはカイン様とミッター様であった。

彼らはこのカフェの飲み物を持っている。普通にこのカフェを利用しに来たのだろうか。

カイン様たちの雰囲気は誰かを探しに来たとかそういう感じではなく、どうやら二人もただこの商店街で遊んでいたみたいだ。

「どうしたの？　はこっちのセリフだ。レイチェル、お前が学園の生徒と放課後遊びに出掛けるなんて珍しいじゃねーか。どういう心境の変化だ？」

　そう言いながら、カイン様とミッター様は当然のように私たちの隣の席に腰掛けた。

　カイン様は少し声を抑えている。荒っぽい口調を周りに聞かれないようにするためだろう。

「う、うう、うっさいわね。いつ、どう遊ぼうとあたしの勝手でしょ……？」

「多分、甘いものか可愛いものにでも釣られたんじゃないかな？」

「う、ううう！　うるさいわねっ……！　ミッターっ！」

　さすがは彼女のパーティーメンバーである。ここに至るまでの経緯を、まるで見ていたかのように察してしまう。

「リズ。こいつどんな面白いことやらかした？　お菓子相手に意地張ってたりしたか？」

「おっと、私はノーコメントでお願いします」

　カイン様が話を振ってくるが、私は軽くかわす。なぜならレイチェル様がきっつい目で私を睨んでいるからだ。

　ここで口を滑らしたら彼女の牙が私の方に向いてしまう。それはごめんである。

　ちなみにルナ様は憧れの勇者様を間近にして、「あわ、あわわわわ……」と、またテンパり始めてしまった。

　彼女は彼女で面白い。

「いや、僕としてはレイチェルが友達と遊んでいる姿が見られて嬉しいよ」

「うっさい、ミッター。あんたはあたしの母親か」

バツの悪そうなレイチェル様を見て、ほっこりしているのがミッター様である。

彼は勇者チームの中で騎士としての役割を担っている。剣と盾を持ち、重い鎧を身に纏って敵の攻撃を防ぐ役目だ。

とある国の高名な貴族であり、金色の髪をした爽やかな男性である。中性的で綺麗な顔立ちで、女装すら似合いそうだ。

「だってレイチェル、僕たちがこの学園に編入して一か月ちょっと経つのに、君は友達らしい友達がいないじゃないか。僕はちょっと心配なんだよ」

「う、うっさい！　あたしは孤高の戦士だっ！　友達なんて軟弱なものは必要ないの！　分かった⁉　ミッター⁉」

「ご覧の通り捻くれた娘ですが、どうか皆さんこの子と仲良くしてやってください。彼女の保護者として、お願いいたします」

「ははは……」

そう言って、ミッター様は私たちの方に体を向け、深々とお辞儀をする。

私たちは苦笑いをするしかない。

「こ、このっ……！」

からかわれ、顔を赤くしながら憤慨するレイチェル様。

このままやられっぱなしなのかな、と思ったが、そんなことを誇り高い戦士が許容するはずがなかった。

がたりと席を立ち、レイチェル様が荒っぽい行動に出た。

「え……？」

ミッター様は彼女の行動に気付いたが、時すでに遅し。

レイチェル様は頭を下げたままのミッター様の後ろを取り、手首を掴み、腕を回す。流れるようにスムーズに、彼女はミッター様に関節技を掛けた。

惚れ惚れするようなアームロックである。

彼女は自分の仲間には容赦なかった。

「あだだだだだだっ……!?」

関節を捻られ、ミッター様が机に突っ伏しながら悲鳴を上げる。

「このっ！　このっ！　バカ、アホ、マヌケ！　あたしのことからかってそんなに楽しいかっ……!?」

「いだだだだっ……！　ごめんっ！　ごめんって、レイチェル……！」

ミッター様が即座に屈服し、謝る。その姿になぜか微妙な情けなさすら感じる。

レイチェル様とミッター様の関係が、今の様子を通して透けて見えるようだ。

「暴力系ヒロインやん」

「やはり暴力こそが全てを解決するんやな」

アデライナ様とサティナ様がなんか言ってる。

マンガの話かな？

相変わらずミッター様の上を取りながら、レイチェル様が彼に言う。

「あたしに友達が少ないことが心配だってぇ!? ミッター!? ならあたしたちの関係も『友達』に戻そうかぁ!? そうすれば、あたしに友達が一人増えるものね!? よかったわね!? ミッター……!?」

「ごめんごめん！　悪かったって、レイチェル……！　悪かったからっ……！」

「ん……？」

仲良くケンカしている二人であったが、私たちはその会話の内容に違和感を覚えた。

関係を友達に『戻す』？

それではまるで今、二人は友達ではないかのような言い方だ。仲間同士であるのに、友達だと認めていないなんてことはないだろう。

首を傾げながらカイン様の方を見る。

「ん？　あぁ、仲間以外は知らないよな……」

疑問を感じている私たちの様子に気付いて、カイン様が説明してくれる。

「この二人、恋人同士」

「え……？」

「えっ……!? えええええぇぇぇぇぇっ……!?」

カイン様がレイチェル様とミッター様の二人を指差し、何でもないかのようにそう言う。

私たちは驚きの声を上げてしまった。

レイチェル様とミッター様は同じ勇者パーティーのメンバーである。そんなことは誰だって知っている周知の事実だ。

しかし、その二人が恋人同士というのは全く知らなかった。

さらりと出てくる勇者パーティーの重大な内部事情に、驚きを隠せない。

「そ、それは……驚きですね……」

「すごいゴシップを知ってしまったっす……」

「別に隠してるわけじゃねえけどな」

カイン様がコーヒーを飲みながら、軽くそう言う。

しかし、あれだ。とっても重要な機密情報を手に入れてしまったような気分だった。

ルナ様が「尊い……」と一言だけ呟(つぶや)いて、座ったまま失神してしまう。それほど驚かされる情報であった。

「ちょっと！　カイン！　バラさないでよっ！　は、恥ずかしいんだからっ……！」

「いだだだだっ……！　いい加減関節解いてぇっ……！」

その横では、相変わらず二人がじゃれ合っている。

へぇー、このお二人って恋人同士なんだぁ。

へぇー。

人の恋バナというのは顔がにやつく。

「しかし、レイチェル。友達に戻ろうか、って発言は悪手だったんじゃねえかな？　いま友達に戻んのはやべーんじゃねーの？」

「は……？　なんでよ、カイン？」

カイン様の突然の指摘に、レイチェル様が眉間に皺を寄せて問いただす。

カイン様が口を開くが、その言葉が爆弾であった。

「こいつ、さっき学園の女子に告られてたんだよ。アイナって女子に」

「…………」

その一言で、場の空気が凍りついた。

「ひっ……!?」

一瞬で空気が重くなり、私たちは身震いを禁じえなかった。

レイチェル様が真顔になる。怒っている表情よりも恐ろしい。

ミッター様に掛けている関節技が解かれ、彼の腕が解放される。しかしそれは許されたという意味では決してない。

むしろプレッシャーは強まり、彼女の目はミッター様を見据え続ける。アームロックよりも恐ろしいことが起こる。私にはその前兆のようにしか見えなかった。

「ち、違うっ……！　違うんだ、レイチェルっ！　話を聞いてくれっ……！」

「…………」

「カインもなんで今それを話すんだっ……！」

「ははははっ！」

命乞いをするミッター様に対し、レイチェル様の体からは禍々(まがまが)しいオーラが滲(にじ)み出ている。これは殺気だろうか。

今、レイチェル様は暴発寸前の爆弾だ。

ミッター様に告白したアイナという女子は、学園内では、勇者パーティーに媚(こび)を売っていると言われている女生徒だ。多分、ミッター様に唾を付けておこうとして彼に告白したのだろう。

「…………」

ミッター様はなにも悪くないと思うが……。

しかし、レイチェル様の体からは聞く耳を持たないという迫力が滲み出ている。

あぁ、これは噴火だ。これから彼女は大噴火の如く怒りが爆発してしまうのだろう。

私とルナ様、サティナ様、アデライナ様の四人は頭の中で考えが一致していたのか、彼女の大激怒を警戒して、一斉に身構えた。

しかし……、

「……ぐすっ」

「え……？」

どうしてだろう。

レイチェル様はじわりと瞳を濡らし、涙をこぼした。

「やっぱり、あたし……飽きられてたのね……」

「あーっ……！　違うっ！　レイチェル！　違うから、話を聞いて……!?」

「いつか……こうなるんじゃないかって思ってたわ……」

彼女の怒りがしょぼしょぼとしぼみ、悲しみに変わっていく。

肩が丸まり、体が一層小さくなる。

あれ……？　なんだろう、これは？　どういうことだろう……？

「あたし……女らしくないから……」

「断った！　普通に断ったからっ……！」

レイチェル様の目から次々と涙が溢れ、ミッター様が彼女の背を擦り、何とかあやそうとする。

「ど、どういうことですか？　カイン様？　レイチェル様がレイチェル様らしくないのですが……」

私はひそひそ声でカイン様に質問する。

レイチェル様といえば剛毅で屈強な戦士というイメージだ。恋愛関係のトラブルで不安になって、しくしく泣くようなキャラではないはずなのに……？

あまりにイメージと違う彼女の今の姿に、私たちは戸惑いを隠せなかった。

「レイチェルの奴はさ、恋愛ごとにめちゃくちゃ弱いんだよ。そこに惚れた弱みが加わってる」

「へ、へぇ～……」

カイン様の簡潔な解説に、私たちは驚くばかりでろくに反応も返せない。

乙女なレイチェル様の姿にただ驚いている。

「ほら、あいつらが付き合えたのも結構強引な方法だっただろ？　恋愛ごとに関してだけまだ自信がねえんだよ、レイチェルの奴」

「……だろ？　と言われても、お二人の事情なんて知らないのですが。……強引な手段？」

「……なんでもねえよ」

まるで私がお二人の恋愛の経緯を知っているかのようにカイン様が話し、自らの口を手で覆う。まるで口が滑ったというような仕草だ。

ちょっとよく分からない。何かの勘違いかな？

「愛しているのはレイチェルだけだからっ……！」

「でもあたし、可愛くないし、素直になれないし……すぐ暴力振るっちゃうし……。女としての魅力なんて、全然……」

「大丈夫！　愛している！　ありのままのレイチェルを愛しているからっ……！」

「なんだなんだ……？」

「痴話喧嘩か……？」

傍では相変わらずミッター様がレイチェル様を宥めており、突如発生した痴情のもつれに、周囲の注目が集まる。

人の恋路というのは外野にとって、常に最高の酒の肴だ。カフェの客がみんな興味津々で、お二人を見る。

「あ、愛しているっ！　レイチェルを世界で一番愛しているからっ……！」

「ぐすっ……。でも、でも……」

「あぁっ！　もうっ……！」

にっちもさっちもいかない。

レイチェル様はどこまでもしおらしい乙女のままで、ミッター様は困り果てていた。

「わっはっはっ！」

その中でカイン様だけが愉快そうに笑っている。

性格わりぃ……。

「くっ、こうなったら最終手段だっ……！」

追い詰められたミッター様は大胆な行動に出た。

レイチェル様の正面に回り込み、指を彼女の顎に当て、俯く彼女の顔を少し強引に持ち上げる。

「……？」

――そして、ミッター様はレイチェル様の唇にキスをした。

「……っ⁉」

「…………」

レイチェル様が大きく目を見開き、驚く。私たちギャラリーも突然のことに目を丸くし、息を呑んで体を硬直させた。

レイチェル様の涙が止まる。口は塞がれ、言葉が発せなくなる。

それは唇を軽く当てるだけの優しいキスだった。だけどその時間は長く、まるで時が止まったかのように周囲の誰も動けない。

「…………」

やがて、二人の唇がそっと離れる。

「……ちゃんと愛してるから」

ミッター様が真っ赤になりながら彼女に愛の言葉を捧げる。

「…………」

レイチェル様も熟れた林檎のように顔を真っ赤にして、先ほどと同じように俯く。しかし涙は止まっており、今日はよく顔を赤くしていたが、その中でも今の顔が一番綺麗な赤色に染まっていた。

「……バカ」

弱々しくそう呟く。

彼女らしい罵倒の言葉で、でも心の底から嬉しさが伝わってくるものだった。

「ヒュウウウウウウウウゥゥゥゥウウウウッ……！」

「最高だったぞおおおおおおおぉぉぉぉぉおっ……！」

そこで、ギャラリーが騒ぎだす。

割れんばかりの喝采がカフェ中に轟き、四方八方から拍手が飛ぶ。口笛の高い音がピーピーと鳴り、凄まじいまでの熱気がこの場を包む。

興奮が最高潮に達していた。

ルナ様に至っては「尊過ぎる……」と一言だけ呟き、鼻血を出してぶっ倒れてしまった。

最近の私の周り、鼻血を出してぶっ倒れる人がやや多い。

皆が今の愛のやり取りに熱狂し、大きな騒ぎとなっていた。

「嬢ちゃん、よかったなーっ！」

「お兄さん、男らしかったわーっ……！」

「お前が勇者だーっ！」

大声で野次が飛ぶ。

違う。勇者はミッター様の横にいる男性の方だ。

「こ、ここにいたら埒が明かない……。レイチェル、ここを離れよう」

「え……？　あ、うん……」

そう言いながら、ミッター様がレイチェル様の手を取ってこの場から逃げるように駆けていく。

レイチェル様は恥ずかしそうに、そして嬉しそうに、ただ彼に手を引かれるまま、走り去っていった。

「ヒューヒューッ……！」

「青春だねえええええぇぇぇぇっ……！」

その二人の背中に、応援するように声が掛かる。主役が逃げるようにこの場所を離れていくが、誰も彼らを追うことはしない。

なぜならそれは無粋極まる行為であり、これからこそが恋人二人の熱い時間だからだ。

声援に見送られながら、彼と彼女の姿が夕暮れの中に消えていくのであった。

「ありゃ、もう今日は帰って来ねえな」

カイン様がニヤニヤしながらそう言う。

もうすぐ夜だ。

そして恋人二人が帰るべき場所に帰らない。隠れてこそこそしたいことがある。

それはもう、あれだろう。

「ヤっちゃうんやな」

「ヤっちゃうんすね」

「尊過ぎる……」

我が友人たちが、あからさまに言い合う。

私の頬が熱くなる。

「ど、堂々と公序良俗に反する行為を行うのはどうかと思いますよ……!?　学園生として、もっと風紀に気を使ってほしいです！」

「レイチェルもお前に言われたくねーだろーよ」

「なんでですかっ……!?」

カイン様が呆れたような目を私に向けてくる。

なんでだっ!?

私以上に慎み深くて風紀を守る女性は、そうはいないというのにっ……!

若干納得がいかない終わりであったが、今日はレイチェル様の意外な一面がたんまり見られた一日であった。

日が沈み、星が輝き始めた。

恋人たちの熱い時間が始まるのだった。

第18話　【過去】大戦士レイチェルの葛藤

「あたしはあんたのこと、認めないから」

「………………」

地に這いつくばるミッターに、レイチェルが冷たい言葉を投げつける。

彼女の目には明らかに侮蔑の感情がこもっており、それを隠そうともしない。倒れ伏すミッターを見下し、彼に手を差し伸べようともしない。

そして彼も彼で、レイチェルの誹謗の言葉に一切反論せず、ただ悔しそうに歯を食いしばるばかりである。

今は、カインたち勇者パーティーの訓練の時間であった。

戦士レイチェルが騎士ミッターを完膚なきまでに叩きのめし、重い空気が漂っていた。

「このパーティーに弱い奴の居場所なんてないの。邪魔だから、さっさと自分から出ていきなさい」

「………………」

嫌悪の感情さえ見えてくるような暗い声を吐き、レイチェルはミッターに背を向ける。

「…………」

ミッターは何も言えず、ただ目に涙を滲ませるだけだった。

ミッターはとある国の有名な貴族の子息であった。

勇者として活躍しているカインのパーティーに入り、彼らの力となるべく騎士として戦う勇敢な男性である。

しかし、彼は純粋に戦闘能力を見込まれて勇者の仲間になったわけではなかった。

貴族である彼の家と彼の国が箔を付けるため、ミッターを勇者一行の中に強引に捻じ込んだのだった。

化け物揃いの勇者メンバーの中に、一人凡庸な人間が混ざる。

政治的な意味を持つパーティーメンバーの加入であり、そのため彼の戦闘能力は仲間の中でダントツに低かった。

その後、大峡谷の奥にある戦士の村で、レイチェルが仲間に入った。

そこは谷の奥深くで人知れず神聖な宝珠を守る誇り高い戦士たちの村であり、彼らは何より自分たちの力に自信を持っていた。

だからこそ、レイチェルはミッターに対して強い不満を抱く。

勇者パーティーの中には自分以上の力を持つ仲間がごろごろいる。彼女にとってこのパーティーは最高の環境であり、高い実力を持つ仲間たちに強い尊敬の念を抱いている。

それなのに、そこに不純な動機で仲間に加わった者がいる。

納得がいかない。

上等なスープに汚水を一滴注がれたような気分だ。

「足手まといめ……」

「………」

レイチェルはミッターのことを完全に軽蔑しており、いつも口汚く罵っていた。

ただ、ミッター自身は良い人間だった。

心から平和を愛し、誠実で真面目な人間であった。多くの人々を救う勇者カインの一行を尊敬し、彼らの力になりたいと強く願っている。

言ってしまえば、彼は家と国の事情に振り回されてしまった被害者だった。自分たちの利益に囚われて、家と国は彼を無謀な戦場へと放り込んだ。

国の命に逆らえず、桁違いの実力者たちに囲まれて、一番辛い状況に追い込まれているのはミッター自身なのである。

しかし、彼はそんな状況に気落ちすることはなかった。

実力不足を自覚し、常に一生懸命訓練を積んで皆との差を少しでも埋めようとしていた。化け物じみた仲間たちの実力を目のあたりにしても挫けず、真面目にこつこつと鍛錬を積み、レイチェルから酷い言葉をぶつけられても諦めず、ただひたすら一生懸命に努力を重ね続けた。

いつか必ず仲間の役に立ち、苦しんでいる人々を助けるのだ。ただそういう気持ちで努力し続け、泥だらけになりながら、彼は諦めなかった。

そんな彼の頑張りに、メンバーの皆は一目置いていた。

ミッターをこんな戦場に放り込んだ彼の国と家にはあまり良い感情を持っていないが、彼自身に対しては信頼と尊敬の念を抱いている。

確かに実力は劣るかもしれないけれど、皆にとって彼は大切な仲間であった。

そんなミッターの姿を見続け、レイチェルの態度も次第に軟化し始める。

「ふ、ふん……！　根性だけあっても弱かったら意味ないわっ……！」

と言いながらもバツが悪そうな顔をし、彼の訓練をじっと見守る。明らかに彼にぶつける罵詈雑言（ばりぞうごん）の数が減っていた。

いつからか、ミッターが一人で鍛錬をしていると、

「あ、あたしが直々に稽古を付けてあげるわっ……！　勘違いしないでよねっ！　いつまでも足手まといのままでいられるとあたしが困るってことなんだから！」

と言いながら、レイチェルが彼の訓練に付き合うようになった。

今までの暴言に負い目を感じているからか、彼女は恥ずかしそうに顔を赤く染めてい

る。そっぽを向いて、ミッターと目を合わせようとしない。

ただなんにしても、自分の鍛練に付き合ってくれる仲間の存在は、彼にとってとてもありがたいものであった。

武器の打ち合わされる音が夜遅くまで響く。二人の訓練は何日も何日も、粘り強く続いていた。

もう出ていけなどとは、レイチェルは一切言わなくなっていた。

ある日のことだった。

レイチェルに命の危機が訪れた。

魔王軍との戦いで彼女は仲間と離れ離れになり、一人孤立して戦わなければならなくなっていた。

連戦に次ぐ連戦で彼女の体力は消耗し、体に傷は増えていく。しかし休息は許されない。魔王軍は彼女を容赦なく攻め立てて、殺そうと躍起になっている。

レイチェルは獅子奮迅（ししふんじん）の働きを見せ、たった一人でほぼ全ての敵を倒し尽くす。

しかしもう彼女の体力は底を尽き、体が動かなくなっていた。

後方からゆっくりと敵の将が現れる。彼女が弱り切るのを待っていたのだ。

レイチェルの足は傷つき、体も動かない。

レイチェルは自分の死を悟り、ゆっくりと目を閉じた。

しかし、

「待てっ！」

大声を上げながら、窮地に立つレイチェルの前に現れたのが、ミッターであった。

ミッターは後ろに彼女を庇いながら、敵の親玉と交戦を始める。

彼は全身全霊を懸けて、目の前の敵の攻撃をいなし続ける。大きな盾と細身の剣を巧みに使い、敵の剣をただひたすら受け流し続けた。

元々彼は非力であった。身体能力で劣り、化け物じみた仲間たちとの訓練ではいつも力負けをしていた。

だから彼は技術をとことん磨き上げた。いや、仲間たちと張り合ううちに、否応なしに技術が磨き上げられてしまっていた。

丸太のように太い腕から繰り出される敵の凶暴な剣技を、柳の枝が揺れるように、ミッターが鮮やかに凌いでいく。

ミッターの力は目の前の敵に遠く及ばない。

レイチェルの見立てではそうであった。

しかし彼は自分の持つ技術を最大限駆使し、命を懸けて仲間を守っている。体中が傷つきながら、実力が至らない中でも彼は折れず、ただひたすらずっと敵の攻撃を受け流し続けた。

彼は今まで一度だって何かを諦めたことがなかった。体中がボロボロになりながらも、根性でただレイチェルを守り続けた。

粘り続けていると、カインたちが到着した。

「二人とも、大丈夫かっ……!?」

汗をかきながら大急ぎでこの戦場に駆けつけ、すぐに彼らは目の前の敵と戦闘を始める。

二人の鬱憤（うっぷん）を代わりにぶつけるかのように、カインたちは強烈な攻撃を仕掛けて敵の親玉を即座に討ち取った。

「大丈夫ですか？　レイチェルさん？」

「…………」

メルヴィがレイチェルに回復魔法をかけながらそう尋ねるけど、彼女はロクに返事もできなかった。

「…………」

彼女はただ、ミッターの姿を見ていた。

頬を赤く染めながら、そのボロボロの背中に熱い視線を向けていた。

心臓が痛いくらいに強く打っていた。

もうレイチェルは、ミッターのことを完全に認めていた。

以前では考えられないほど、彼は実力を付けている。他の仲間と比べると若干見劣りする部分もあるが、受け流しの技術に長けた盾役として、他の仲間にはない役割を担っていたりもする。

ただ、それまで辛辣な言葉をぶつけてきただけに、手のひらを返すような真似はレイチエルにとって、とても恥ずかしいことであった。

それに最近では、彼を見ていると、なぜか胸がドキドキして頬が熱くなる。

それまでのように自然な会話がしにくくなり、逆に変に憎まれ口をたたいてしまうこともあった。

そういう時は宿の自分の部屋に戻って、ただひたすら自己嫌悪に陥る。

レイチェルは素直になれなかった。

一方、ミッターはこの旅を通じてとても逞しくなっていた。徐々に体に筋肉が付き、以前のような弱々しい体つきではなくなっている。課題であった筋力の問題も、長い長い訓練によって徐々に解消されていく。

戦いを重ねて自信が持てたのか、顔つきまで精悍になっていた。勇者の仲間として堂々と彼らの横に並び立ち、多くの人々を守っている。

以前、民衆の間でミッターは『寄生虫のお貴族様』と言われていた。それには少しばかり事実も含まれ、ミッターはそれに対して何も否定することができなかった。

しかし彼自身が実力を付け、最前線で戦う姿を見せることによって、次第に悪い評価が覆っていく。

もう誰も彼を『寄生虫のお貴族様』などと呼ばなくなっていた。

——結果、彼はモテた。

勇者パーティーに所属していて、爽やかで綺麗な顔をしたイケメン。逞しくて実力は世界トップクラス。さらに実家は高名な貴族の家柄である。

モテないはずがない。

たくさんの女性から好意を寄せられ、人気を集めるようになっていた。

「うわああああああああぁぁぁぁぁぁぁんんんんっ……！」

レイチェルは泣いた。

泣き伏した。

彼女は自分の女性としての魅力に自信がなかった。

ミッターに好意を寄せる綺麗で身分の高い女性たちに、自分が勝てるはずがないと思っていた。

ある日の夜。

騒々しい酒場の中のことだった。

「びえええぇぇぇんっ！　びえええぇ、び゛え゛えええぇぇぇぇんっ……！」

レイチェルは惨めに泣いていた。

酒場のテーブルに突っ伏し、子供のように涙を流していた。

「あーあー、もう、本当バカですねぇ……。ほら、ハンカチで鼻かんでくださいな、鼻」

「ぢぃいいいいいぃぃぃぃいんっ……！」

リズは小さな子供をあやすように彼女を慰め、レイチェルは目を真っ赤にしながら涙を拭いた。

今、この酒場では勇者パーティーの中の女子が集まっていた。飲み会ではなく、レイチェルのお悩み相談会と言ってもいい。

ミッターが女性にモテている。それがレイチェルの心を激しく乱していた。

「あだし……、あだじミッターに〝イジワルなことばっが言っでだから……ミッターに好がれでいるはずない〟もの……」

涙声でレイチェルが胸の内を告白する。

彼女はいつも彼につんけんした態度を取ってしまっている。好意の裏返しで、捻(ひね)くれた言葉をぶつけたりもした。

なにより、ミッターと出会ったばかりの頃は彼を本当に見下し、酷い態度をとってしまっている。

これでは好かれるはずがない。

彼女は閉鎖的な大峡谷の村出身の戦士である。自分が誰かに恋愛感情を持つなんて夢にも思わず、ただ戦いに明け暮れて死ぬものだと思っていた。

だからレイチェルは、自分の女子力に全く自信がなかった。

「どうじようっ……！　ミッターが誰かど付き合っぢゃう……！」

「はいはいはい、落ち着いてくださいねー」

リズがいくらあやしてもレイチェルは泣きやまない。彼女はもうずいぶん酒も飲んでおり、手に負えなかった。

「や、やはりレイチェルはミッター殿が好きだったのか……。前々から、もしかしたら、とは思っていたが……」

「で、でもでも、いつもレイチェルさん……ミッターさんのこと、嫌いとか、なんとも思ってないとか言ってたじゃないですか……」

「だって恥ずかじいんだもん゛んんんんんんっ……！」

シルファとメルヴィの言葉に、レイチェルがゴンと机に頭をぶつけながら叫んだ。

彼女の心からの叫びだった。

「いや、今更その確認ですか……」

リズは仲間の鈍感さに少し呆れていた。

「あだしもうダメだぁ゛ぁっ……！　だって、絶対嫌われでるもん゛んっ……！」

レイチェルはびーびー泣き続ける。

今まで天邪鬼な態度しかとってこなかった女の子の、足元が崩れていく悲しいお話であった。

「しかし、そんなに悪い状況にも思えないのですが……。ミッター様もレイチェル様に対して、あながち満更でもないんじゃないですかねぇ？」

「ん……？」

リズが小首を傾げながら言うと、皆がきょとんとしながら彼女に顔を向ける。

「ほら、レイチェル様ってミッター様の自主練によく付き合っていたじゃないですか。それに対してミッター様は好意とか恩を感じているみたいですよ？　脈は結構ありますって」

「そんなのウソだあああああぁぁぁぁぁぁっ……！」

レイチェルは今、自分にとってプラスの情報を信じられる精神状態になかった。

「い、今からでも素直に言葉にしてみたらどうだ？　ミッター殿のことが好きです、って正直に言うんだ。どうだ？」

「そんな簡単に言えたら今こんなに苦しんでないし、言っても迷惑がられるだけよ゛お゛お゛おおおおおおおおぉぉぉぉぉぉぉぉっ……！」

たやすく自分の生き方を変えられるほど、彼女は器用じゃなかった。

酒場で酒を飲みながら荒れるレイチェルと、なすすべもなく困り果てるシルファとメルヴィ。

二人にはカインという同じ婚約者がいるのだが、それは自分で勝ち取ったわけではなかったため、二人だって恋愛は不慣れなのだった。

「もう、全く困ったものですねぇ……」

酒の入っている木製のコップをことんと机に置いて、リズはそう言う。困った妹を見るような目で、うなだれるレイチェルを見ていた。

「分かりました、仕方がありません。このリーズリンデ、何とかしてあげましょう」

「え……？」

リズの言葉に、きょとんとしながらレイチェルは顔を上げた。

「簡単なことですよ、簡単。……ええ、簡単なことなんです」

リズはニヤッと笑った。

いつも彼女に酷い目に遭わされているシルファとメルヴィは、その笑顔に不吉なものを感じ、ぞっとするのだった。

そしてレイチェルはリズに引っ張られていく。

「リ、リズ？　一体何を……？」

「…………」

リズはレイチェルの腕を掴み、問答無用で彼女を引っ張っていく。女子会が行われていた酒場を出て以降、リズは一言も喋らない。レイチェルの質問にも一切答えない。

そしてやって来たのは、今勇者パーティーが宿泊している宿屋であった。

リズはどしどしと歩く。レイチェルは頭にハテナマークを浮かべながらリズに引っ張られていく。

シルファとメルヴィは興味と不安とで、二人に付いて来ていた。

やがてリズは宿屋のとある部屋の扉をバンと開けた。

「あれ……？　リズ……にレイチェル？　どうしたんだい？　血相を変えて？」

部屋の中にいたのはミッターだ。ここはミッターが使っている部屋で、彼は今ベッドの上でくつろぎながら本を読んでいた。

「きゃっ⁉」

「わわっ……⁉」

リズは無言のまま、レイチェルをミッターに向けて突き飛ばした。訳の分からないレイチェルはされるがままに、横になっているミッターの上に覆いかぶさるようになってしまった。

「リズ……！　あんた一体っ……!?」

レイチェルはリズに文句を言おうと、体をがばっと起こす。

が、そこからリズの行動は早かった。

リズはその部屋の机の上に何かを残し、扉のノブに何かが書かれた札を掛け、そして何かしらの魔術をその扉に発動させた後、そそくさと部屋から出ていった。

文句を言う暇もなく、リズは行ってしまった。

しかしその直前、レイチェルは見た。

妖艶ににたりと笑う、悪魔のようなリズの顔を……。

「いたた……、一体どうしたんだい？　何かあったのかい……？」

「ミッター……」

いきなり女性に圧しかかられたミッターは、腹を押さえながらベッドから起き上がった。

「ん……？」

「あれ？」

二人はのろのろと立ち上がり、リズがドアノブに残していった掛け札をじっと見る。

そこにはこう書かれていた。

『セッ○スしないと出られない部屋』


「リズーーっ……！」

「リズーーっ……！」

部屋は魔術によって封鎖されていた。

密封された部屋に、二人取り残されてしまったのであった。

「な、なぁ、リズ……？　これで大丈夫なのか……？」

「ええ、もちろんです、大丈夫」

扉の外側で心配そうにおろおろとするシルファとメルヴィに対し、リズはへらへらと笑いながらそう答えた。

壁を一枚隔てたその向こう側からは、「こらーっ！　リズーっ！　ふざけんじゃないわよーっ！　開けろーっ！　開けろーっ！」と、レイチェルの叫び声が響いてくる。そのうわずった声には恥ずかしさと必死さが滲(にじ)んでいた。

彼女はどんどんと部屋の壁を叩(たた)いているようだが、その程度ではこのサキュバスが張った結界を破ることなどできなかった。

「これで問題は全て解決です」

「そ、そうでしょうか……？」

「えぇ、万事解決です、メルヴィ様。なぜなら……」

リズはにたりと微笑む。

「……あの部屋には、私手作りのクッキーを残して来ましたからっ！」

「ひえっ⁉」

「て、手作りのクッキー……！」

シルファとメルヴィは戦慄した。

『リズの手作りクッキー』は二人にとって、酷い劇物だった。一度口にしたが最後、めくるめく快楽への旅が強制的にはじまってしまうという、恐ろしい悪魔の秘薬だった。

しばらくすると、宿の壁を叩くレイチェルの抵抗の音が聞こえなくなる。

……恐らくクッキーを食べてしまったのだろう。シルファとメルヴィはごくりと息を呑み、リズは満足げに笑っていた。

三人はミッターの部屋の前から退散した。

これ以上この部屋の前にはいられない。

……恐らく数分後、聞こえてくるのは壁を叩く音ではなく、レイチェルの艶めかしい声であるはずだからだ。

夜はまだ始まったばかりだった。

「そういうわけで、あー……、僕たちは正式に付き合うことになりました……」

「おーっ！」

「…………」

ぱちぱちとまばらな拍手が起こる。

一夜明け、宿屋の一階にある食堂で、勇者カインの仲間たちが揃って朝食を取っている時だった。

交際宣言をしたのはミッターである。

ミッターとレイチェルの顔は赤く、二人とも落ち着かない様子でもじもじしている。恥ずかしさを繕うことすらできない様子であった。

「そ、そのその……よ、良かったですねっ！　レイチェルさん！　ミッターさんとお付き合いできることになって……！」

「う〜〜っ……！」

メルヴィの言葉にレイチェルは視線を逸らすように俯き、手で顔を覆った。まともに言葉も出ないほどいたたまれない様子を見せる。

当たり前である。昨夜何があって、どういう経緯で二人が付き合うことになったのか、ここにいる皆は察している。

顔を隠している手でさえ真っ赤であった。

「しっかし、案外あっさり収まったもんだな。なんかもう少し拗れて、ひと悶着あるもんだと思ってたが……」

さっさと朝食を口にしながら、カインがそう言う。彼は二人の関係がよく見えているのだった。

「それは、あー……、その……、レイチェルからあれだけベッドの中で『好き』って言われたら……、はは……誤解なく伝わるってもんだよ……」

「〝わーっ⁉　ぎゃーっ！　余計な事を言うんじゃないわよっ……！　ミッター……！」

悲鳴を上げながらぽかぽかと恋人を叩くレイチェル。

昨日の夜は大分盛り上がったようであった。

「やっぱりセック〇は最強ですねっ……！」

「おめーはもっと自重しろ、ドアホ」

リズは自慢げに胸を張るものの、その頭には大きなたんこぶができていた。

事件の元凶であるリズは、もう既にこのパーティーのリーダーからお叱りのゲンコツをもらっていたのだった。

「そ、その……リズ……」

「なんでしょう？　レイチェル様？」

もじもじしながら、レイチェルはリズに話し掛ける。

「あ、あんたには色々と思うところがあって、正直ぶん殴ってやりたいとも思うけど……そ、その、なんていうか……あ、ありがと……」

「…………」

「あ、あんたのおかげで……ミッターに思いを伝えられた……」

顔を真っ赤にして目を逸らしながら、レイチェルはそう言う。

彼女のその姿は、恋の蕾が花開いたばかりの可憐な少女そのもので、微笑ましい光景であった。

リズはそんなレイチェルに応え、静かに微笑を返した。

「レイチェル様の恋が上手くいって、私も嬉しく思いますよ？」

「……っ！　そ、その……ほ、ほんとにありがと……！」

レイチェルはまだたどたどしくぎこちない笑みをリズに返した。

「また相談事がありましたら、いつでも私の部屋に来てくださいね。待ってますよ？」

「う、うん……！　ありがとうっ！」

そうして旅の中で芽生えたほのかな恋は、晴れて実を結ぶのであった。

レイチェルは頼りになる相談相手を得られて、ぱあぁっと晴れやかな表情を浮かべる。

それからも旅の中、レイチェルは自分に素直になりきれず、恋人に悪態をついてしまうことが多々あった。

しかし旅の始めの頃と違い、その態度が愛情の裏返しであることを、今の二人は正しく理解している。

二人は今に至るまでずっと仲睦まじく過ごせているのだった。

レイチェルがもう一度リズに恋愛相談をするために彼女の部屋を訪ね、彼女に美味しくいただかれてしまったのは、五日ほど後のことだった。

第19話　【現在】激辛お菓子と甘い鞭(むち)

それは放課後のことだった。

日が傾き、空が赤みを帯び始める夕暮れの頃、私は学園の校舎の中を歩いていた。

「どうもこういうのは慣れませんね……」

手紙を手に持って、小さく呟(つぶや)く。

先ほど、下駄箱の中に私宛の手紙が入っていたのだ。

『リーズリンデ様、あなたにお話ししたい事があります。放課後の五時に音楽室に来てください。カルヴァロッサ』

そういう手紙だった。

カルヴァロッサというのは、私の隣のクラスの男子生徒の名前だ。そんな男子が放課後の私を呼び出すなんて、多分目的は……あれだろう。

自分でこう言うのもなんだが、私は学園内ではモテる方だ。告白も何度かされている。今まで全部断っているのだが、断るということは何度やっても慣れるものではない。

今のところ、誰かと付き合う気はなぜか起きない。

なんというか、今ではない、という感じがする。

何かを待っている。

「…………」

……一体何を待っているというのか。

待っていれば白馬に乗った王子様が迎えに来てくれるとでもいうのか？　少女みたいな考えに、自分に対して苦笑する。

でも、やはりじっと待っていればいつかその時が来るだろうと、自分でもよく分からない感覚がある。

そして、カイン様は素敵だなと思う。

しかし片や世界を守るために戦う最強の勇者、片やただの普通の女学生。

釣り合うわけがないのだけれど。

そんなことを考えながら学校の廊下を歩いていると、音楽室の前に辿り着く。当然だろうけど、今日音楽部は休みのようだった。中から音楽部の演奏は聞こえてこない。

外は夕暮れ。学園の校庭から部活動の掛け声が聞こえてくる。運動部の生徒たちが、大会に向けて必死に練習をしていた。

「失礼します」

私は音楽室の扉を開け、声を掛けて中に入った。

音楽室の中に夕陽が差し込み、部屋全体がうっすらと赤くなっていた。大きなピアノが一台存在感を放ちながら置かれ、片付けるのを忘れたのか、木琴とチェロが隅にぽつんと放置されていた。

「待っていたわ」

「え……？」

女性の声が私を出迎える。

そこにいたのは、手紙の差出人であるカルヴァロッサ様ではなかった。

その女性がくるりと振り向いた。

「……アイナ様？」

「ええ、驚いた？　リーズリンデ？」

音楽室にいたのはアイナ様であった。

少々悪い言い方をしてしまうと、学内での派閥作りに躍起になっているお方だ。あと、なぜか色街にいて、用心棒さんたちに捕まっていたこともある。

そんな彼女は夕焼けの赤い色に染まりながら、怪しい笑みを浮かべている。

「あ、あの……私はカルヴァロッサ様に呼び出されたのですけど……」

「残念だけど、呼び出したのは私よ」

「………………」

　彼女はそう言って、大きなピアノにもたれかかる。動作にいちいち猫のような滑らかさがある。

　女性特有の妖しさが一つ一つの行動に現れていた。

「一体なぜ……」

「リーズリンデ、あなた、カイン様に近づかないでちょうだい」

「え……？」

　アイナ様はきつい目で、私を睨む。

「私、見たの。あなた、保健室で勇者様を誘惑して体を売っていたでしょう？　このまま勇者様に近づくようだったら、それ、学校中に言いふらすから」

「…………」

　保健室で体を売っていた……？

　保健室。

　保健室……。

「……あっ!?」

「…………」

「いっ、いやいやいやいやっ……！　ち、違うんですっ！　あれは違うんですっ！　アイナ様っ……！」

その時のことを思い出し、私は慌てて大きく手を振った。

以前私は学校の保健室で、ブラジャーのみの上半身裸の姿でカイン様に抱きついてしまったことがあった。

そういえば、確かにあの時アイナ様が扉を開けて、その場面をガッツリ見られてしまっていた。

でもあれは違うのだっ！　あの時の私はなんか……、なんだか変になっていたのだっ！　なんかメルヴィ様の治療を受けていたら急に体が熱くなって……メルヴィ様やカイン様に迫ってしまったりした。

あの時の私は変になっていたのだ！　きっとメルヴィ様が何かミスをしたに違いない！　私は悪くないのだ！　あれは本当の私の姿でないのだ！　いつもの私はあんなふうに男性に縋ったりしないのだっ！

それに、本当にエッチなんてしていないのだ！

「ご、誤解ですっ！　アイナ様っ……！　わ、私は決してカイン様を誘惑したりはしていませんっ！　私は誰ともそういう関係になったことはございませんっ……！」

「ふぅん？　嘘つくんだ、リーズリンデ？」

アイナ様から冷たい声が漏れる。

「とぼけるというのなら、いいわ。私にも考えがあるから」

そう言って、アイナ様はぱちんと指を鳴らした。

すると、音楽室の入口とは別の扉が、ばんと大きな音を立てて開いた。

「え……？」

その扉は音楽準備室に通じる扉だった。

部屋の奥から八人の男子生徒が姿を現す。

「な、なんですか……？　あなたたち……？」

「へっへっへ……」

突如現れた男子生徒たちはニヤニヤしながら、私を取り囲むように立った。

私はあとずさる。

「…………」

アイナ様は男子生徒の出現に、全く動揺を見せない。彼らがアイナ様の手下であることは明白だった。

「ねぇ、リーズリンデ？」

彼女がピアノから離れ、私に向かって歩きだす。男子生徒たちがアイナ様に道を譲るようにぱっと割れ、そこをどく。

「この誓約書にサインをしなさい」

「え……？」

「今後、勇者様に近づかない、声を掛けない、誘惑しない。勇者様から永遠に手を引きなさい」

彼女が一枚の紙を取り出し、私に突きつける。

そこには彼女の言った通り、カイン様と疎遠になるための約束事が箇条書きにされていた。今後一切カイン様と親しく接しないと約束させるための誓約書であった。

「分かってるでしょ、リーズリンデ？　今自分がどういう状況にいるか。あんたはその誓約書にサインをするしかない。そうでしょ？」

「…………」

確かに男子たちに脅すように取り囲まれてしまっては、私にできることなんてない。抵抗しても無駄だろう。

でも……。

「私だって乱暴をしたいわけじゃないの。こいつらに腕を掴まれて、無理やりサインさせられたくなかったら、おとなしくサインしてちょうだい。分かるでしょ？　リーズリンデ？」

「…………」

私は誓約書から視線を外し、アイナ様を見る。

彼女のやりたいことは分かる。分かるが……。

「……なによ、その目は」

「…………」

甘いなぁ、って思う。

こんな誓約書には何の拘束力もないし、適当にサインして、後は知らぬ存ぜぬを通せばいいだけだ。保健室の出来事を脚色されて言いふらされるのは困るけど、それはまぁ、頑張って火消しをしよう。

アイナ様は意外と抜けていて、甘々な人であった。

だからこのアイナ様の行動には何の意味もなくて……。

「お待ちください、アイナ様」

「ん……？」

と思っていたら、私を取り囲む男子生徒の一人が声を上げた。

「そんな紙切れ一枚では甘いです。アイナ様に楯突く女には、少し痛い目を見せてやらないといけませんよ」

「え……？」

その男子の言葉に、アイナ様はきょとんとしている。

そう言ったのは、隣のクラスのカルヴァロッサ様だった。私への手紙に書かれていた名前の人である。

「アイナ様に喧嘩を売るような奴は、あなたとの約束なんて破ってしまう可能性があります。ここはしっかりと痛い目を見せ、もう逆らえないようにしてやるべきでしょう」

「……別にそんなことしなくても、誓約書にサインさせればいいでしょう、カルヴァロッサ？　そこまでやる必要ないし、そんなことしたくないわ、私」

「そうですか……。仕方ありません。……おい」

「はい」

「え……？」

カルヴァロッサ様が視線だけで指示を出すと、一人の男子がアイナ様を羽交い絞めにした。

「ちょっ……!?　何するのよっ……！」

「分かってください。全てはアイナ様のためなのです」

不穏な空気が満ちる。

アイナ様は暴れるけれど、男子の羽交い絞めからは逃れられないようだった。

カルヴァロッサ様は手提げ袋から一本の鞭を取り出し、それで床を叩いた。バシンと、弾けるような音がする。

「なっ……!?」

「鞭っ……!?」

暴力的な空気に、体が強張る。

「おっと、誤解しないでください。これはただの雰囲気作り。こんなものは使用しないに限ります。……ええ、使用したくは、ないですねぇ……」

カルヴァロッサ様の厭らしい笑みに、私とアイナ様の顔が引きつった。

これは、まずい流れだ。

アイナ様の手下の暴走。現在主導権を握っているのは、明らかに男子生徒八人の方である。数の暴力に訴えられたら、私ではなすすべがないだろう。

「………」

息を呑む。

上手く逃げられるだろうか？

逃げられなかったら、私はどんな目に遭うのだろうか……。

「ふふふ、鞭などよりもっといいものを用意してあるのですよ……。もっといいものを……ふふふ……」

私の緊張などよそに、カルヴァロッサ様は気持ち悪い笑みを浮かべながら楽しそうに言う。

「本命はこちら……、ふふふ……こちらですよ……」

そして彼は手提げ袋から、また何かを取り出した。

その何かとは……。

「ん……？」

「え……？」

今度は私たちの目が丸くなる。

「……シュークリーム？」

「ふふふ、ご名答……」

そこにあるのは何の変哲もないシュークリームだった。

普通のデザートのシュークリームだ。生地はふわふわと膨らんでいて、適度にパリッとしており、とても美味しそうだった。

「ところがどっこい、ふふふ……、これはただのシュークリームじゃないんですよ……」

「…………」

「実はこのシュークリーム……」

カルヴァロッサ様がニヤリと笑った。

「……中が激辛マスタードで一杯になっているのですよっ！」

「……は？」

「はい……？」

「ふははははっ……！」

カルヴァロッサ様は高らかに笑い、私たちは首を傾げた。

「ははははっ……！　こんな激辛シュークリームを口に入れたが最後……悶絶、絶叫は必至！　阿鼻叫喚は間違いなしですよ……！」

「…………」

「これを二つも食べればほとんどの人間はおとなしくなりますっ！　五つも食べきれた人などいやしませんっ……！」

「……？」

テンションの高いカルヴァロッサ様を尻目に、私とアイナ様はぽかんとしていた。

カルヴァロッサ様がシュークリームを片手にじりじりとにじり寄ってくる。私は思わずあとずさる。

なんかイヤだ。なんかイヤだっ……！

「さぁさぁ、アイナ様に逆らう愚かなリーズリンデ！　激辛シュークリームを食べるという痛い目に遭っていただきましょうか……!?」

「ちょ、ちょっと、こっち来ないでください……」

「ちょっ……!?　や、やめなさい！　あんたたちっ……！　なにやってんの!?　ていうかなに考えてんのっ……!?」

「それとも熱々のおでんを無理やり口にねじ込まれる方がいいでしょうか……!?」

にやにやと笑いながら、私を取り囲む男子たちが距離を詰めてくる。

私は音楽室の隅に追い詰められた。

男子が私を取り囲む。逃げ場はない。

「さぁっ……！　激辛シュークリームの刑でございますっ……！　ふふふふふっ！」

「いやーーーっ……！」

私の叫び声は音楽室の防音設備に阻まれて、外には届かなかった。

＊　＊　＊　＊

学園の廊下を、とある男女が並んで歩いていた。

「全く、教師の手伝いなんてだりぃことしちまった」

「ふふふ、それでも何だかんだ断れないところがカイン殿らしいぞ？」

廊下を歩いているのは、勇者カインと姫騎士シルファであった。

時刻は夕方。彼らは先生の仕事の手伝いをして、この時間まで学園に残っていたのだった。

「うるせぇ、シルファ。俺は外では猫被ってなきゃいけねぇからめんどくせぇんだよ」

「まるで今のリズのようだな」

「……まぁあいつの今は今で、面白れぇっちゃ面白れぇな」

カインの言葉にシルファがくすくすと笑う。リズの本来の姿を知る者としては、今の彼女の姿はとてもちぐはぐで、見ているとかなり愉快であった。

「まぁ、でも早く力を取り戻して元気になってほしいものだな」

「……まぁな」

「カイン殿はリズとエッチできなくて、さぞ生殺しであろう?」

「うるせぇ、バカ」

「いひゃいいひゃい……」

カインはシルファの頬を引っ張った。

「……おっと、カイン殿。廊下で葉巻は駄目だぞ?」

「……ちっ」

彼は無意識のうちにポケットから葉巻を取り出して、それを口に咥(くわ)えようとしていた。シルファに注意されてはっと気付き、それをまたポケットにしまった。

「あーあ……、模範的な生徒っていうのは、マジでめんどくせぇぜ」

「一度学園内で暴れてみてはどうだ?　カイン殿?　今までの評価が吹っ飛ぶぞ?」

「……魅力的な誘惑、やめろ」

「あははっ」

そんな会話をしながら、彼らは音楽室の前を通り過ぎようとした。

「……ん？」

「なんだ、この音……？」

その音楽室の中から奇妙な音が聞こえてきたのだ。

「……鞭(むち)の鳴る音……か？」

それはぴしゃりという、破裂音のような鞭の音であった。

音楽室の防音設備のせいか、すぐ傍(そば)にいるというのにその音は消えそうに霞(かす)んで聞こえてくる。音楽室には似つかわしくない鞭の音。その中には人の悲鳴も混ざっているように感じる。

何か嫌な感じがする。

「おいっ！　中で何をしてやがるっ……！」

カインは素早く音楽室の中に飛び込んだ。

音楽室の扉が雷のような音を立てて乱暴に開かれ、中にいた人たちが全員びくっと体を震わせた。

「あ……、カ、カイン様……」

「リ、リズ……」

中にいたのはリズだった。眉は垂れ、目は涙目になっている。

カインは目を見開いた。

そこには異様な光景が広がっていた。

「ち、違うんです……、カイン様……。これは、何かの間違いなんです……」

リズの手には鞭が握られ、仁王立ちしている。おまけに、なぜか黒いボディスーツに網タイツというエッチな姿だ。

カインの後に入ってきたシルファも目を丸くする。音楽室の光景に、二人は小さく息を呑んだ。アイナは部屋の隅で、恐怖に震えている。

「はぁ、はぁ……！　じょ、女王様っ！　ぼ、僕に鞭をくださいっ！」

「お、俺にも……！　俺にもお仕置きをしてくださいっ！」

「女王様っ……！」

「女王様っ……！」

そして、八人の男子生徒たちが四つん這いになって鼻息を荒くしていた。なぜか格好はパンツ一丁だ。

音楽室の中は、とっても異様な空間になっていた。

「…………」

「…………」

カインとシルファは言葉を失ってしまう。

「ち、ちち、違うんですっ……！　カイン様！　シルファ様！　これは何かの間違いなん

「じょ、女王様！　は、早く私に、あなたの鞭を……！」

「う、うるさいですよっ！　この豚……！」

バシンっ！

リズが鞭を振るう。

「おぅっ……！　あ、ありがとうございますっ……！」

「あぁっ……！　口と手が勝手に！　ち、違うんですっ。こんなの私知らないんですっ……！」

リズは音楽室の女王として君臨し、涙目になって首をふるふると振っていた。

シュークリームと熱々のおでんを手に、男子生徒に迫られた時のことだった。リズは決死の覚悟で反撃に出た。

不意を打って前に出て、リズは鞭を持つ男子生徒に襲いかかった。

彼女は鞭を奪い、何とか武器を奪取することに成功したのだ。

とはいえ、状況が絶望的であることは間違いない。

相手は男子八人。いくら鞭があっても取り囲まれては、なすすべもないはずだった。

しかし、どういうわけだろう。

リズが鞭を振るうと、それを受けた男子はビクンと大きく身震いをして、一撃でがくり

と膝をついた。ダメージが大き過ぎたわけではなく、体力が尽きたわけでもない。

ただ、その男子はリズに襲いかかることはもう一切なくなり、顔を赤くして熱い吐息を漏らすようになった。

そして言うのだ。もう一回お願いします、と……。

それからはリズの天下であった。

リズがばしんと鞭を振るう。男子から嬌声が漏れる。彼らは自ら進んで四つん這いになる。鞭をもっととねだる。リズを女王様と呼ぶ。

リズの振るう鞭は気持ちよすぎたのだ。

彼女自身覚えていないだろうけど、リズは鞭を扱うのがとても得意だった。

「女王様っ！　女王様っ……！　もっと！　もっと鞭をくださいっ……！」

「私に！　鞭を！　私をもっと痛めつけてくださいっ……！」

「…………」

「…………」

「ち、違うんですっ！　カイン様、シルファ様っ！　こんなのっ！　こんなの私知らないんですっ……！」

「じょ、女王様っ……！　鞭をっ、鞭をくださいっ！」

「だ、黙りなさいっ！　お仕置きだよっ！」

バシンっ！

「ありがとうございますっ！」

「あぁっ……！　ち、違うんですっ！　違うんですっ！」

地獄絵図だった。

「リズ……」

「カ、カイン様」

カインはゆっくりと言葉を発した。

「……あんまり堅気の人に迷惑かけるなよ？」

「違うんですー っ！　迷惑かけられていたのは私の方だったんですーっ！」

涙目になりながらリズは訴える。でもその訴えはカインたちには届かなかった。

「おう、あんたは……アイナだったたか？」

「え……？」

カインに声を掛けられて、音楽室の隅で小さくなって震えていたアイナは顔を上げる。

彼女は鞭で叩かれたわけではないので、正気を保ったままだった。しかしそれ故か、なぜか豚のようになっていく男子生徒たちを見て、この地獄絵図に恐怖して身を震わすしかなかった。

「今日はもう帰れ。この光景は……まぁ、忘れた方が幸せだな……」

「で、でも……」

「いいから帰れ。お前にリズをどうこうするとか、無理だから。ここにいても百害あって一利なしだ」

カインは呆れたような声を発し、アイナは戸惑った。

バシンっ！

一方でリズはまだ鞭を振るっていた。

「おうっ！」

「ありがとうございますっ！　女王様……！」

「うるさいぃっ……！　あなたたちが勝手に豚になるからいけないんですぅ！」

バシンっ！　バシンっ……！

「おうっ！　お、おうっ！」

「ありがとうございます！　女王様、ありがとうございますっ！」

「もっとぶってくださいっ、女王様！　もっとぶってくださいっ……！」

「くっそーーーっ！」

バシンっ！　バシンっ！

リズはやぶれかぶれになっていた。

「ひぃぃぃ……怖ぃぃぃぃ……」

アイナはただただ戦慄（せんりつ）し、身をすくませることしかできなかった。

「なぁ、リズ……」

「シ、シルファ様……！　ち、違うんですっ！　これは何かの間違いなんです！　わ、私に幻滅しないでくださいっ！」

　リズの必死の懇願に、シルファは恥ずかしそうに頬をぽりぽりと掻（か）いた。

「その……なんだ、せっかくだし……久しぶりに私も鞭で叩（たた）いてくれないか……？」

「何言ってるんですかっ⁉」

　リズは驚いて大きな声を出す。シルファの頬は紅潮していた。

「やですっ！　嫌ですよっ！　っていうか、久しぶりっていうか、私は鞭なんて振るったこと今まで一度だってないですよ⁉」

「そ、そんな……」

　拒否されて、シルファは膝を突いてうなだれた。

「本当に久しぶりなのに……」

「リズの鞭は上手過ぎて、マゾじゃない奴もマゾにしちまう劇薬だからな。……いや、シルファは天然のマゾだが」

「何言ってるんですかっ⁉　わけ分かんないですっ……！」

　リズの鞭は既にシルファを陥落させていた。でも当の本人のリズはそんな事は知る由もなかった。

「女王様ーっ！　もっと鞭をっ！　鞭をください！」

「女王様ーっ！　もっと僕たちを虐げてくださいぃぃぃっ！」

「あーーーっ！　もうっ！　くそーーーっ……！　ちょっと楽しいって感じちゃうのが、更にムカつくーーーっ！　お仕置きだよっ！　この豚どもっ……！」

バシンっ！　バシンっ！

「あうっ！　ありがとうございますっ！」

「ぶひぃっ！　ぶひぃっ！」

「いいなぁ……。羨ましいなぁ……」

官能的な悲鳴が音楽室の中で音楽を奏でていた。

「ちくしょおおおおおおおおおぉぉぉぉぉぉぉぉぉっ……！」

豚たちの宴は続くのだった。

第20話　【過去】Sとは慈愛と見つけたり

「ふん、うちなんてさっさと殺せばいいじゃないの」

そう言って、鎖で縛られた少女はまた口を噤んだ。

勇者カインたちは頭を抱えた。諦めと自暴自棄に陥った目の前の少女を、どのように扱ったらいいのか分からない。

とある日、カインたちは敵の魔王軍の一員を捕らえた。

しかしその彼女は、一向に魔王軍の情報について口を割ろうとしなかった。

それは勇者カインたちが魔王軍の重要な拠点の一つ、ウォバック城を攻めようとしている時のことだった。

周囲は毒の沼に囲まれ、城には強大な結界が張られている。勇者たちはその結界の攻略に苦戦を強いられていた。

その中で、勇者たちは攻略の糸口を掴みかけていた。

その城について詳しく知るウォバック城の防衛幹部、吸血鬼のイルマを捕縛することに成功したのだ。

「なぁ、イルマ。少しでいいんだ。あの城の結界を解くために必要な事を教えてはくれねえか？」

カインたちは、その吸血鬼のイルマから城の攻略に必要な情報を聞き出したかった。

しかし……。

「気易くうちの名前を呼ばないでくれるかしら？」

鎖で縛られながらも、イルマはきつい目でカインたちを睨みつける。イルマは頑として

ウォバック城の情報を話そうとしなかった。

「別に城主にも魔王にも、全く恩義なんてないけど……、人間の利になるような真似をするくらいなら死んだ方がマシよ。さぁ、さっさと殺せばいいじゃない！　ねぇっ！」

イルマは、がしゃがしゃと鎖を鳴らしながら言う。

彼女は自分を殺せと告げるのだ。

「うちは人間に屈したりはしないわっ！　どうせもう一生逃れることなんてできないんでしょ！　人間の慰み者になるくらいなら、死んだ方がマシよっ！　さあっ！　うちを殺しなさいよっ……！」

「…………」

「人間にも、魔王軍にも利用され続けてきたのよっ！　もううんざりっ！　さぁっ、殺しなさい！　うちを殺しなさいよっ……！」

カインたちは閉口する。恐ろしい形相で彼らのことを睨みながら自分を殺せと叫ぶイルマを見て、とても苦しい気持ちになった。

やがてイルマは叫ぶのを止め、鎖に縛られたままうなだれた。

「……今まで生きてきて、一つも楽しいことなんてなかった……」

小さな声でそう呟いた。

イルマを捕らえている部屋から移動して、別の部屋でカインは仲間たちとの話し合いを始めた。

「さて、どうやったらあの子に話してもらえるようになるじゃろうかのぅ……？」

熟練魔導士のラーロがそう切り出す。

彼はある王国が誇る大魔導研究所ボーダスで、数々の功績を残してきた大魔導士であった。年は五十を越えていて、長くて白い髭を生やした男性であった。

「残念ながら、あのイルマ殿に喋ってもらうしかウォバック城の攻略方法は分からん。他の情報の糸口は全くついていないのが現状じゃな」

「………」

ウォバック城の結界を解く方法はいくら探しても見つからなかった。かなり厳重に情報を管理しているようで、魔王軍が支配する周辺の街でさえ手掛かりが一切見つからないほどであった。

「可哀想じゃが……イルマ殿を拷問するしかないのかのぉ……？」

ラーロは眉を下げ、自分の髭をさすりながらそう言った。

拷問。

彼の言葉に、仲間の皆が沈鬱な表情を見せる。

「ダメだ」

しかし、

「拷問も乱暴もなしだ。それは俺が認めねぇ。いいな？」

斬り捨てるような口調で、カインはきっぱり言った。足を組み、椅子の背もたれに深く体を預け、ふんぞり返るようにしながらそう言った。

自分たちのリーダーの言葉に皆が一瞬安堵の表情を見せるけれど、しかしこのままでは、今の状況を打破することはできない。

「カイン殿……、儂だってもちろんやりたくはないが、しかしそれじゃあどうするのじゃ……？」

「ラーロ、黙って俺の言うことを聞け。拷問はなしだ。異論は認めねぇ」

カインはラーロの言葉に一切耳を貸さず、葉巻を取り出して火を付けた。

「情報は何とかして別の方法で見つける。分かってくれ」

「…………」

部屋が煙たくなってくる中で、ラーロは小さく頷いた。

「……分かった。お主はそう言って今までも結果を上げ続けてきた。そう言ってくれるのなら、儂もありがたい」

「…………」

そう言って彼は皺だらけの顔で穏やかに微笑んだ。

「ラーロ、俺に任せてくれ」

「うむ、いつも信じておるぞ。カイン殿」

二人で頷き合う。心が痛まない指針をリーダーが明確に打ち出したことで、仲間たちもほっと安堵の息を漏らした。

しかし、反論したのは大峡谷の戦士レイチェルだった。

「ちょっとちょっとちょっと……！　なにも具体案が出てないじゃないの！　結局どうするのよ！　あの城の攻略……！」

「レイチェル……」

バンバンとテーブルを叩いて、彼女は意見を口にした。紫色のツインテールを揺らしながら、彼女はもっともな事を口にする。

「いや、あたしだって拷問がしたいわけじゃないのよ？　でも、じゃあ具体的にどうするのよ？　何か案があるの、カイン？」

「それは……」

カインは言葉を詰まらせながら、大きく口を開いて葉巻の煙を吹き出す。考え事をするように上を向き、部屋の天井を見た。

「……少し考える。時間をくれ」

「……まぁ、あんたが言うのならいいけどさ。なんとかしてよ？　ほんと」

「あぁ、任せろ」

レイチェルは腰に手を当てて、ふんと鼻を鳴らした。方針に若干の不満があるものの、カインが言うのならば、まぁ仕方ないと考えていた。

カインなら何とかするのだろうと、皆がそう考えていた。

その時だった……。

「私にお任せくださいっ……！」

バンと大きな音を立て、部屋の扉が開いた。

大きな声とともに一人の女性が入ってくる。よく慣れ親しんだ声、リズの声であった。

カインははぁ、と大きなため息をつきながら後ろを振り向き、彼女に目をやった。

「……リズ、てめぇどこで遊んでた。話し合いにはちゃんと参加し………」

参加しろ、そう言いかけて、カインは言葉を止めた。皆も一瞬絶句する。

リズは珍妙な格好をしていた。

革製の黒いボディスーツを身に着けていた。露出度が高く、際どい姿である。さらに網タイツを着用しており、顔には大きなパピヨンマスクを着けている。

そんな彼女がしなを作りながらも堂々と立っていた。手には黒い鞭が握られている。

「おい、リズ……その格好は……」

「リズじゃありません」

「は？」

リズがバシンと鞭で床を叩いた。

「今の私は変態調教師サドキングですっ……！」

「うるせぇ、黙れ」

サドキングが現れた。

「そ、その姿……！　サドキング……！」

「知っておるのかの？　メルヴィ？」

「いや、まぁ……。ミッターさんとラーロさん以外は、全員知っているんですけど……」

メルヴィはばつが悪そうにポリポリと頬を掻く。

カインと女性陣の皆は、リズのこの姿は以前に見たことがあった。

SM○レイをしたがる時の彼女の格好だった。まぁ、カインは基本S気味なので、S対

Sの戦いになったりするのだが。

「吸血鬼のイルマ様は私にお任せください」

「いや、ムリ」

「アッハッハッハ！　生意気だね、お仕置きだよ！」

「てめぇ、誰に口きいてんだよ」

「吸血鬼のイルマ様は私にお任せください」

「いや、だからダメだって……」

サドキングは堂々としていた。

「あのな、リズ。拷問とか乱暴はしねぇって決めたんだよ、俺が」

「大丈夫です」

「説得力ねぇよ」

「では行ってくるよ！　愚民ども！」

「おいちょっと待てって！」

カインは、暴走するサドキングを何とか止めようと頑張った。

「大丈夫です。私が注ぐのは苦しみではありません。愛です。愛と優しさを注ぎ込んです」

「はいはい、分かったから病人は部屋でおとなしくしてような？」

「この豚野郎」

「てめぇ、今なんつった？」

「ご安心ください、イルマ様には一切の苦痛を与えないことをお約束しましょう」

リズがバシンと鞭(むち)で床を叩(たた)く。周りの仲間の顔が引(ひ)き攣(つ)る。

「彼女には……私が人生の優しさというものを叩きこんであげます」

リズはにやりと笑った。

そして夜は更ける。

「ああぁぁぁっ……！　お姉様っ！　お姉様っ！　もっと！　もっとくださいっ……！」

「だらしない子だね、お仕置きだよっ！」

「あーっ！　ありがとうございます！　お姉様っ……！」

バシンと鞭の鳴る音がする。

イルマの顔は赤く、恍惚(こうこつ)としている。体は服の上から亀甲縛りが施されており、しかし心は解放されていた。

カインたちは目を覆いたくなるような気持ちにさせられる。

五分で地獄絵図が完成していた。

「お姉様っ……！　お姉様のためにもっと喋(しゃべ)らせてくださいっ！　あの城だけでなく魔王

軍について、うちの知ってることを、全部……！」

「このメス豚ぁっ！」

「ありがとうございますっ！」

バシンっ！

鞭が鳴る。

サドキングの鞭の使い方は極上で、その刺激は絶妙にコントロールされており、吸血鬼のイルマは一瞬で快楽の極致へと達した。

「楽しいかいっ⁉」

「あーっ！　楽しいですっ！　女王様ーっ……！」

「楽しんでんじゃないよっ！　お仕置きだねっ！」

「ありがとうございますぅっ……！」

イルマは全ての情報をゲロった。

「あー、リズ……。もうこいつ、全部喋ったから解放していいんじゃないか……？」

「リズじゃありません！　サドキングです！」

「うっせえ」

「あいた！」

カインはリズの肩にパンチした。

「や、やめてください……！　サドキングからマゾキングに変身しちゃいます！　はぁはぁ♡」

「止まれ」

「おいっ！　やめろ、下郎！　お姉様に手を出すなっ……！　手を出すのならうちをやれっ……♡　はぁはぁ♡」

「むごいことを……」

吸血鬼のイルマの変貌ぶりに、カインは頭を抱えるしかなかった。

「うちを解放だとか……、うちとお姉様の素晴らしい一時を終わらせようとするなんて……、鬼かお前はっ！」

「鬼はお前で、地獄はここだ」

「カイン様、やはりこの子、私の見立て通りマゾの才能がありました！」

「いいか、リズ。才能ってのは何でも開花すればいいってもんじゃねえんだぞ？」

「お仕置きだよ！　変態イヌ野郎！」

「あぁっ！　ありがとうございますっ……！」

バシンっ！　鞭が鳴る。

「カイン様、痛めつけるというのは誰にでもできます」

「ん？」

「しかし一流のサドというのは、相手の望む刺激を与えてこそです！　真のサドこそ、相手のことをよく考え、欲望を感じ取り、鞭を振るうのですっ！」

バシンっ！

「あぁっ♡　お姉様♡　もっと♡　もっと、くださいっ……♡」

「サドとは……慈愛と見つけたり……」

「意味が分からん」

サドキングはパピヨンマスクの位置をくいと直し、イルマの表情はうっとりとしていた。

「今、苦しいかい⁉」

「そんなことありません！　お姉様！」

「生きていて、楽しいことなんて一つもないかい⁉」

「そんなことありません！　お姉様！」

「よく言ったね！　ご褒美だよっ！」

バシンっ！

「ありがとうございますっ……！」

「でも変態だからお仕置きだよっ！」

「あ゛ぁっ！　ありがとうございますっ……！」

イルマは生きる意義を見出そうとしていた。

「……寝るか」

サドキングの仲間たちはこの地獄を放置して、部屋に戻って寝ることにした。何もできることなんてなかったし、もう何もかもがどうでもよくなっていた。

夜が更ける。

美しい星空の下では、一晩中鞭の音と嬌声が響き渡っていたのだった。

第21話 【現在】アイナと一流のジャーナリスト

フォルスト国立学園の女生徒アイナは迷っていた。

「うぬぬぬぬ……」

放課後、帰路についた彼女は小さく唸り、腕を組んで歩いている。

アイナは最近ある悩みを抱えていた。

それは同じクラスのリーズリンデに関することだった。

アイナは勇者カインを恋愛の対象として狙っているのだが、どうやらリーズリンデも同じことを考えているようだった。しかも、もしかしたらもう既に男女の仲になっているかもしれない。

「うぬぬぬぬ……」

しかし、今のアイナの悩みは嫉妬や対抗心によるものではない。

リーズリンデに謝れるかどうか、という悩みだった。

先日アイナは彼女を音楽室に呼び出し、勇者カインに近づくなと脅そうとした。

しかし仲間の男子たちが暴走し、リーズリンデに激辛シュークリームを食べさせようと企てた。
……いや、なんで激辛シュークリームなのか。
アイナにはその意図がよく分からない。
でもそんなことはどうでもいい。男子たちは彼女に乱暴を働こうとしたが、結果として
リーズリンデは、その窮地を一人で脱した。
あの時は本当に怖かったと、アイナは思う。
だって皆がいきなりブヒブヒ言いながら、鞭で叩かれる度に、ありがとうございます
っ！　と大声を出していたからだ。
……あの地獄はなんだったのだろうか。
いや、そんなこともどうでもいい、とアイナはかぶりを振る。
今考えなければならないのは、自分がリーズリンデを脅したうえ、間接的に乱暴を働い
てしまったことだ。
アイナは彼女にあんなことまでするつもりはなかったのだ。
そして結果的にリーズリンデに助けられたのだ。
あの時、アイナは男子の一人に羽交い絞めにされ、身動きが取れなくなっていた。もし
万が一、男子たちがさらに暴走し、アイナにまで乱暴を働こうとしたのなら、彼女に逃れ
る術はなかったのだ。

リーズリンデがあの窮地を吹き飛ばしてくれたから、自分も何事もなかった。

そう言えるかもしれない。

「はぁ……」

アイナはため息をついた。

リーズリンデには謝るべきなのだろう。しかし、今まで敵だと見ていた女に頭を下げることなんてできない。

通学用のカバンの中には、リーズリンデに贈るための菓子折りも入っている。しかし、声を掛けられない。謝れない。

そう簡単には、自分を曲げることができなかった。

「はぁ……」

そしてまた一つアイナはため息をつくのだった。

「お嬢さん……」

「ん？」

そんなことを考えながら歩いていると、いきなり後ろから声を掛けられた。

アイナは立ち止まり、声のした方を振り返った。

「ちょっとよろしいですか？　お嬢さん？」

「………」

自分を呼び止めた男性を見て、アイナは思わず眉を顰めてしまう。

それは無精ひげを生やした、見るからに怪しい男性だった。

体を覆う長いローブを着て、顔を隠すためか、フードを被って色の付いた眼鏡を掛けている。そしてなぜかリュートという楽器を手に持っていた。

大声を上げて一目散に逃げようか、とさえ思った。

「あぁ、違うんです、私、怪しい者じゃありません……」

「…………」

フードを被った男はそう言う。

どっからどう見ても怪しいだろ、と突っ込みたくなる。

「歌を……聞いてくれませんか……？」

「歌？」

「はい。歌を、作ったんです……」

「…………」

男の要望に、アイナの頬は引き攣る。

「ま、まぁ……一曲ぐらいなら、いいですよぉ～……？」

「ありがとうございます！」

アイナは普段の猫被りの高い声を出して、そう答えた。ここは人通りがないわけではない。

いつも猫を被っている彼女としては、もし学友や知人がここを通りかかって、自分が人の頼みを無下に断ったりせず優しく対応するのを見れば、自分にとって損にはならない、という打算が働いたのだった。

「こう見えても、歌には自信があるんです」

「ええ、そうなんですかぁ～？　すご～い」

アイナは猫なで声で答える。

フードの男はリュートを抱え、音を合わせるように弦をぽろんぽろんと弾いた。

「では聞いてください……。タイトル『水魔法で濡れた女性はエッチだと思う』……いきます」

「ちょっと待て、こら」

今まさに歌い始めようと口を開いた男を、アイナは止めた。

猫なで声ではなく、低い地声で止めていた。

「……どうかしましたか？」

「どうしたもこうしたもないわよっ！　何!?　なんなの、そのタイトルっ！　何歌おうとしてんの……!?」

アイナは激昂していた。当然である。

「ちょっ、ちょょっと聞いてください！　お嬢さん！　私にはこれを歌わなければならない理由があるのですっ……！」

「ないわよっ！　あんたがどんな事情を抱えているのか知らないけど、そんなタイトルの歌を歌わなければならない理由なんて、世界中のどこを探してもないわよっ！」

「実は私、こう見えても結構有名な吟遊詩人なんです……！」

「はぁっ？」

男性はフードの隙間から汗を垂らし、色の付いた眼鏡の位置を指でくいと直した。

「……分かりました。全てを明かしましょう。私はデルフィーナと申します。吟遊詩人のデルフィーナ男爵といえば、お嬢さんも名前をご存じでは？」

「えっ……!?　デ、デルフィーナ男爵って、あのっ……!?」

その名前にはアイナも驚いた。

確かに彼は、吟遊詩人の中でもかなり名の知れた人物である。多くの英雄譚（えいゆうたん）や逸話を歌にして、世界各地に伝えていく偉人だ。

この国に住む者なら、誰でもデルフィーナ男爵の作った歌を一度は耳にしたことがあるだろう。

「…………」

アイナは驚きと困惑で絶句する。

目の前の男が有名な吟遊詩人？　見るからに不審者のような格好をして、明らかにおかしなタイトルの歌を歌おうとしている男が……？

彼女はそれが嘘かどうか判別できる材料を持ち合わせていなかった。

「私は今から二年以上前、とある英雄たちの歌を書きました……」

目の前の男が色の付いた眼鏡を外し、語り始める。残念ながらアイナはデルフィーナ男爵の顔を知らなかったため、眼鏡を外されても本人かどうか判断できなかった。

「その歌は多くの人に愛され、世界中に広まりました……」

「…………」

「しかし……、しかしですっ！　私はその歌の出来に満足できないのですっ……！」

自称デルフィーナ男爵は悔しそうに歯を噛み締めながら、ぐっと拳を握った。

デルフィーナ男爵はたくさんの歌を世に出し、その多くが人々に親しまれている。そのため、満足できないのがどの歌なのか、アイナには分からない。

「……なんで満足できないのよ」

「その歌には……とある人物が一人、全く描かれていないからですっ！」

「……？　なんで描かなかったのよ？」

「それは……」

男は絞り出すような声で言う。

「その人は……稀代の変態だったからです……」

「はぁ？」

フードの男は悔しそうに顔を伏せ、アイナは首を傾げた。

「私は……、いえ私たちは歌のクオリティを保つために、故意にその変態の彼女を描かずに歌を書き上げました。他の吟遊詩人たちもその英雄たちに会い、皆一様に変態の彼女を描くことはありませんでした。……そして吟遊詩人協会は、変態の彼女についての歌を永遠に発禁処分にすることに決めました」

「……吟遊詩人協会なんてものがあるのね」

「はい、作品の著作権などを管理しています。発禁になったために、もうどの吟遊詩人も変態の彼女の歌を歌うことはありません」

「どんだけ変態だったのよ」

「すっごい変態だったのです……」

「はいはい」

アイナは呆れた。

「……しかし、私は思うのです。現実の英雄の歌を歌っているのに、ある人物だけを抜かして歌うのは、吟遊詩人として、真実を伝えるというジャーナリズムに反する行為なのではないか、と……。この行為は偏向的なジャーナリズムなのではないかと……」

「はぁ……」

「今になって私は思うのです。もし私に技術があり、発禁処分にならない程度にエロティックな描写を交え、変態の彼女に満足してもらいつつ、吟遊詩人協会にも許可をもらうことができたのなら……それが一流の吟遊詩人のジャーナリズムだったのではないかと……」

「よ、よく分からないけど……あんたもプロのジャーナリストってことね……」

握りこぶしを作り悔しそうに言うフードの男に対し、アイナは口元を引き攣らせた。

ジャーナリストのプロ意識などというものは全然分からないし、相変わらず目の前の男が本当にデルフィーナ男爵かどうか判別できないけれど、そこに熱い思いがあるのだけは分かった。

全く共感できなかったけど。

「だから私はエロチックな描写の勉強をしなければならないのです……」

「は、はぁ……」

「それでは聞いてください。『水魔法で濡れた女性はエッチだと思う』」

「げっ……」

勢いに押され、アイナは止めそこなってしまった。

「うぉお～♪　水魔法でびっしょり濡れた～女性は～♪　なんであんなにエッチなのだろう～♪」

「……最低の始まりね」

　歌が始まってしまった。

「水魔法に濡れて～ブラジャーが透けてしまった女性がとてもエッチなのは～分かりやすい～♪　でも～♪　そうでなくても～♪　水に濡れた女性を～とてもエッチに感じるのは～なぜなのか～♪」

「知らないわよ」

「シャワーを連想させるからなのか～♪　髪が濡れて～少し水が滴っている女性が～♪とても綺麗(きれい)で～♪　うぉお～♪　あの胸の高まりは何なのだろう～うぉお～♪」

「ただの劣情よ」

　聞いているだけでアイナは頭が痛くなった。男は堂々と歌い続けている。

「水に濡れる女性は～どれも素敵だけれど～♪　個人的には～ワイシャツの女性が濡れる姿が～一番グッとくる～♪　びしょびしょになって～えへへ、濡れちゃった、と困ったようにはにかむ姿が～とてもグッド～♪　彼氏のワイシャツを借りて～大きめでだぼだぼのワイシャツを着てる女性だと～♪　もうドストライク過ぎてやばい～♪」

「でもワイシャツ借りるような状況だと、外に出ないし、濡れる機会なんてないでしょ」

「でも～♪　彼氏から大きめのワイシャツを借りるような状況で～雨に打たれることなんてないから～♪　そんな状況あり得ない～♪」

「あ、歌詞に入ってた」

目の前の男と思考回路が同じなのかと、アイナは本気でうんざりした。

「うぉお～♪　ところで～二十五年くらい前に～♪　エッチな魔法少女の格好でA級冒険者をやっていた～フィオナちゃんは今何をやっているのだろう～♪　小説とか演劇でよく見るエッチな魔法少女の姿で活躍していた～フィオナちゃんは～♪　当時一世を風靡した～♪　彼女は今～三十代後半のはず～♪」

「過去をほじくり返すのはやめてあげなさいよ」

「うぉお～♪　あの子を見た時～若い私に～♪　ド淫乱でエッチな雷の魔術が落ちた～♪」

「なによ、そのワード」

「うぉお～♪　ド淫乱でエッチな雷の魔術が落ちた～♪」

リュートを弾く音が、次第に小さくなっていく。

「うぉお～♪　うぉお～……♪　うぉお～……♪」

「…………」

「……ご清聴ありがとうございました」

「清らかではなかったと思うけど」

「ご静聴ありがとうございました」

「いやみ？　全然静かに聞かなくて悪かったわね」

男が顔を上げた。

「どうでしたか……？」

「最低」

「ふむ……、もっと精進しないといけないということですね……」

「いや、止まりなさいよ」

その時だった。

「いたぞっ！　街中で淫らな歌を歌う不審人物めっ……！」

「確保ーっ！　確保ーっ……！」

背中に翼の生えた警察官がフードの男を見て、こっちに走り寄ってきた。彼はぎょっとする。

「ち、違っ……！　わ、私はただ、健全なジャーナリズムのために……！」

「何をわけのわからない事を言っている！」

「街中で淫らな歌を歌う不審人物がいると通報があったぞ！　お縄につけっ……！」

「違うっ！　違うのだーっ！　私は表現の限界に挑み、社会に正しい情報を伝える正義のジャーナリストなのだぁ……！　や、やめろぉ……！」

悲鳴を上げながら、フード男は翼の生えた警察官に縛られ、連れ去られていった。時々見かける天使の警察官である。

ぽつんと、アイナ一人が取り残された。

「……帰るか」

アイナは肩を落とし、どっと疲れた様子を見せ、とぼとぼと帰路につく。

さっきまで何に悩んでいたのか忘れてしまった。ただ今は、家に帰ってゆっくりと休みたかった。

さっきのフード男は何者だったのか。

本当にデルフィーナ男爵だったのだろうか？

天使にパクられた今となってはもう分からない。

取りあえず、今の騒動の原因の、発禁処分の変態女性には絶対に会いたくないなぁ……

とアイナは心に強く思うのだった。

第22話　【過去】魔法使いが有名でない理由

勇者カインの仲間は皆、一騎当千の強者ばかりだ。

大国バッヘルガルンの姫騎士シルフォニア。

大教会ラッセルベルの聖女メルヴィ。

貴族騎士のミッターに、大峡谷ダーズの大戦士レイチェル、大魔導研究所ボーダスの熟練魔導士ラーロ。

皆、勇者カインの冒険譚を語る上で欠かせない人物であり、世界的にも有名だった。一人一人が芝居や歌の中で主人公となれるほどの凄まじいエピソードを残している。

皆、後世まで語り継がれるべき英雄たちであった。

しかし、その中で一人、世間には名前が伝わっていない人物がいた。

最初に勇者カインの仲間となり、ずっと彼を支え続けてきた、大魔法使いのリズという少女だ。

彼女はサキュバスの先祖返りという、普通の人にはない事情を抱えていた。

敵であるはずの魔族の力を宿す少女であり、それ故彼女は自分の力のルーツを大切な仲間と家族以外には話せないでいた。

彼女の名前だけが、世の中に知られていない。

それには深い理由があった。


冒険中のとある日。

「助けていただいて感謝いたします！　勇者様方っ！　私はあなた方の戦いぶりに感動いたしましたっ……！」

「………………」

勇者カインたちは、一人の男性から熱い感謝の言葉をかけられていた。

彼らはつい先ほど、七人で一万もの魔物を迎え撃ち、大きな街を一つ丸々救ったところだった。

彼らが人から感謝の言葉をもらう事は珍しくない。

今もその救われた街では喜びの大歓声が響き渡り、勇者たち一行を労う大きな宴が準備されているところである。

しかし目の前の男性は、普通にはない少し特殊な肩書を持っていた。

「あなたがたのご活躍をぜひとも歌にさせてくださいっ！　お願いいたしますっ……！」

「はぁっ……？」

「歌……？」

勇者カインの手を握っているのはデルフィーナ男爵であり、彼は広く世に知られている吟遊詩人であった。

吟遊詩人。

それは旅をする音楽家であり、神話や逸話、英雄譚（えいゆうたん）などを歌い継ぎ、各地に歌を広めていく人間のことであった。

今世界各地で語り継がれている昔の英雄譚などの多くは、吟遊詩人が歌い、各地に残したものだった。

「デ、デルフィーナ男爵といえば私の国でも有名な吟遊詩人だぞっ⁉」

「あ、あわわ……わ、わたしたち、有名になっちゃいます……」

デルフィーナ男爵を前にして、姫騎士シルファと聖女メルヴィが声を上げる。

彼に歌い継がれるということは自分たちの名が世に広まり、未来に語り継がれていくことと同義であった。

後にカインたちの英雄譚は、小説や演劇など、様々な形で人々に親しまれていくのだが、それらは全てこのデルフィーナ男爵が作った歌を元にして、多大な影響を受けながら作られたものであった。

「この歌が出来上がりましたら、どうかその歌を一番最初にお聞きください！　魂を込めて歌いあげますっ……！」

そう言いながら、デルフィーナ男爵は子供のようにきらきらした目を勇者たちに向けた。彼の創作意欲は強く刺激されていた。

勇者たちは彼の提案を断れなかった。断る理由もなかったし、とても断りにくかった。

一週間後。

「歌が出来上がりましたっ！　どうかお聞きくださいっ……！」

デルフィーナ男爵がカインたちの泊まっている宿を訪ねてきた。

そして、デルフィーナ男爵は意気揚々と歌い始める。その内容は……。

気品と情熱を持ち合わせた姫騎士シルフォニア。彼女の剣は魔法と共に舞い、その姿はまるで清らかな精霊のようであった。

慈愛を体現した聖女メルヴィは仲間を癒やす。どんな傷も癒え、彼女は勇敢な者たちの命を優しく抱きしめる。

大戦士レイチェルは嵐のように荒れ、猛り狂う。魔法使いのリーズリンデとラーロの知識は世界の深淵に届くかのようである。その全てを大きな盾で守るのは貴族騎士のミッターだ。

そして何よりも美しいのは、勇者カインその人だ。

彼の聖剣の輝きは世界の希望そのものであり、彼が戦う姿は神々の祝福が満ちていた。

「……ご清聴、ありがとうございました」

歌い終わり、デルフィーナ男爵がぺこりと頭を下げる。

その街の防衛戦の一部始終が語られ、臨場感溢(あふ)れる歌となっていたのだった。

「…………」

「…………」

勇者たち一行は少なからず赤面していた。

その話は、自分たちが昔から聞いてきたたくさんの英雄譚(えいゆうたん)と比べても遜色(そんしょく)のないものであった。

そんな自分たちの英雄譚を自分たちが聞かされ、気恥ずかしくなるのは無理もないことだった。

メルヴィなんて真っ赤になった顔を手で押さえ、小さくなって震えている。

「いかがでしたか⁉　勇者様⁉」

「あ、ありがとうございます……。とても素晴らしい出来でした、デルフィーナ男爵」

「お褒めの言葉、大変感謝いたしますっ！」

この歌の出来に文句を言うものは誰もいなかった。

自分たちの話であり、客観的な評価がしにくいという面はあったのだが、それを差し引いても、この歌の出来が素晴らしいことはよく分かった。

臨場感溢(あふ)れる歌詞、心を揺さぶる美しい旋律……。

この場の誰も、この歌を否定することはできなかった。

「ちょおっとぉ、待ってくださあいいぃいぃっ！」

「え？」

「ん……？」

……とあるサキュバスを除いては。

「この歌は認められませんっ！　ええっ！　ダメですともっ！」

「リ、リズ……？」

「ど、どうしたんだ？　リズ？」

リズはふんふんと鼻を鳴らしながら立ち上がった。デルフィーナ男爵はぶるっと震える。

「あなたの歌の中の私は、私じゃありませんっ！　嘘八百(うそ)を書かないでくださいっ！」

「……!?　も、申し訳ございませんっ！　リーズリンデ様っ！　全ては私の実力不足でございますっ……！」

デルフィーナ男爵は必死に頭を下げる。

何が悪かったのかまだ分からないが、歌の中の話の当の本人から否定されては、それに反論することなどできなかった。

「おいおいおい、やめてやれよ。なに怒ってんだよ、リズ。ちょっとくらい違っても別にいいだろうが」

「いーえ！　いくらカイン様の忠告でもこればっかりは譲れませんっ！　一体なんですか！　この歌っ！　ほらっ……！　ここの部分とかっ……！」

リズはデルフィーナ男爵が持っていた楽譜と歌詞を奪い取り、それを読み上げる。

「『大魔法使いリーズリンデが放つ炎は天高く舞い、敵を焼き尽くしていく。彼女の魔導は神々の英知に届き得るものであった』って、なんなんですか⁉　これ⁉」

「な、何が不満なんだよ。かっこよく書かれてんじゃねーか」

その場にいる皆は、彼女の不満が理解できない。

リズは叫んだ。

「ぜんっぜん、エロくないですっ……！」

「……は？」

「こんなかっこいい私……私なんかじゃありませんっ……！」

リズは腰に手を当て、デルフィーナ男爵に詰め寄った。

「もっと私を淫乱でスケベに書いてくださいっ！」

「……は？」

「おいおい」

カインたちは呆れ、デルフィーナ男爵はわけも分からずぽかんとしていた。

リズはプンプンと怒りながら、大声で続ける。

「ほら！　ここです！『勇者カインと大魔法使いリーズリンデは互いに背を合わせ、お互いを守りながら戦っていた。その姿はまさに、命を預け合った信頼の姿そのものだった』とか！」

「い、いい所じゃねーか……」

話が盛り上がるシーンであった。

「でもここで、私がカイン様の汗をクンカクンカしていた描写がまるでありませんっ！」

「てめぇっ！　真面目に戦えっ！」

「あいだぁっ……！」

カインはドアホの頭にゲンコツを振り下ろした。とても良い音が部屋中に響く。

「はぁ♡　はぁ……♡　ゲンコツ、気持ちいいです……♡」

頭に走った衝撃に、リズは身を捩らせて悶えた。

デルフィーナ男爵だけが呆気に取られていた。

「とにかく！　こんなかっこよくて凛々しい姿なんて、本当の私じゃありませんっ！　もっと私のありのままのド変態な姿を歌い継いでくださいっ！」

「おい！　デルフィーナ男爵めっちゃ困ってるじゃねーか！」

「ほら！　ここも……『神々しいまでに美しい雷の魔術が落ちた』ってところ、『ド淫乱でエッチな雷の魔術が落ちた』って描写に変えられませんかっ⁉」

「どんな雷だっ⁉」

リズは暴走する。

「さぁっ！　さぁっ！　今すぐ書き直してください！　デルフィーナ男爵！　もっと私らしい私を歌い継いでくださいなっ！」

「うわぁっ⁉　お、おやめくださいっ！　リーズリンデ様っ……！」

リズはデルフィーナ男爵に襲いかかり、両腕を掴み、無理やり歌詞を変えさせようとした。

「さぁっ！　もっと私を酷く卑しく描いてくださいっ！　惨めで淫乱で、ドスケベで下劣な私の姿を世界中に広めてくださいっ！　よがり狂った本当の私の姿を後世まで永遠に語り継いでくださいぃっ！」

「ひ、ひいいいぃぃぃぃっ……！」

「やめろーっ！　リズーっ！　堅気の人に迷惑をかけんじゃねーっ！」

カインたちは全力でリズを止めた。

勇者カインの仲間たちは全員世界中に名が知れ渡っていた。
しかし、魔法使いのリズだけは世間にその名を知られていなかった。
それには深い理由があった……。
――つまり、彼女についての描写は、発禁処分となったのだった。
風が心地よい、爽やかな日のことであった。

第23話　【現在】体育倉庫の中で、二人

「ちっ、なんで俺がこんなことを……」

「まぁまぁ、カイン様。そうおっしゃらずに」

　カインが面倒くさそうにチッと舌打ちをして、悪態をつく。

　ここは学園の体育倉庫の中であった。

「あー、めんどくせー、めんどくせー。なんで俺がセンコーの手伝いなんてしなきゃなんねえんだよ」

「あはは、勇者という立場も難しいものですね」

「いい子ちゃんぶるのも大変だぜ」

　カインとリズの二人は、体育の授業の後片付けを行っていた。

　カインは表面上は品行方正で真面目な好青年を演じているため、先生に頼みごとをされると断ることができない。

　優等生であるリズも手伝っていた。

「お互いいい子ちゃんぶって大変だな」

「いやいや、私はいい子ちゃんぶってませんよ？　人の手伝いは嫌いじゃないです」

「……そういやそうだったな」

カインは過去の彼女を思い出す。リズはエロくて変態ではあるものの、家事や人の手伝いを率先してやる女性であった。

変態であることを除けば、基本的に性格のよい優しい人間だった。

……変態であることを除けば。

二人は体育倉庫の奥の方で作業をしていた。備品が置かれている棚があり、その整理をしている。

その棚の手前に大きな跳び箱があり、二人の姿を隠しているため、体育倉庫の入り口からは人の姿は見えない。

その時、倉庫の外から学園生の声がした。

「あれ？　扉開けたままだ」

「誰もいないよね？」

その微かな声の後、体育倉庫の扉がバタンと閉められた。

「ん？」

カインとリズがその声と音に疑問を覚えて小さな声を上げるも、もう遅かった。

体育倉庫の扉は閉められ、外からガチャリと音がした。

「え？」

「まさか……」

二人は急いで跳び箱の奥から扉の方へと向かった。まさかそんなわけない、という思いがその時は強かった。

カインが扉に手を掛けるが開かない。

外から鍵が掛けられていた。

「おいおいおい、嘘だろ……？」

「ちょっ……⁉　す、すみませーんっ！　ま、まだ私たちが中にいるんですけどーっ⁉」

「おい、外の奴ら！　開けろーっ！」

中から扉をどんどんと叩きながら大声で呼びかけるが、外からは何の反応もない。

二人は薄暗い体育倉庫の中に閉じ込められた。

しばらくの間、呆然とする。

「……ど、どど、どうしましょうっ⁉　閉じ込められちゃいましたよっ……⁉」

「お、おいっ！　リズ⁉　これはお前の仕業かっ⁉」

「え、ええっ……⁉　ち、違いますよ⁉　今の今まで一緒だったじゃないですか！」

「例の『セッ〇スしないと出られない部屋』じゃねえだろうなっ⁉」

「なんですっ⁉　その倒錯した部屋っ……⁉」

リズは驚く。しかしカインが真っ先に仲間のリズを疑ってしまうのも無理がないほど、彼らの仲間にとって『密室』といったら『それ』だった。

リズは首をぶんぶんと振って否定し、カインは落ち着くために深呼吸をした。

そして、扉の前に立つ。

「……よし、扉をぶっ壊そう」

「いきなりですかっ⁉」

カインは即断即決、扉に向かって拳を構えた。

「そ、それは最終手段じゃないですか⁉　他に方法はないのでしょうか……⁉」

「……そうだな、何か他にねぇか考えてみるか」

いきなり学校の設備を壊すというのも憚(はばか)られ、カインは握った拳を引っ込めた。

二人で脱出方法について考える。

「しかし……実際どうしましょう？　出口はこの扉だけですし」

「……正攻法は外から開けてもらうことだろうな。おいリズ、テレパシーの魔法で俺らの仲間に連絡とってみろよ。学校内なら通話が可能な範囲だろ」

「え……？」

カインの言葉に、リズはきょとんとする。

テレパシーの魔法というものがある。離れた場所にいる人間に対して連絡を取る魔法であり、高難易度とされる魔法だった。

一定以上の遠い場所にいる者には使えない魔法であるが、学校内にいる人同士なら十分に通話できるはずだった。

しかし……。

「私、テレパシーの魔法なんて使えませんよ。それに当然、カイン様の仲間の方々にテレパシーを送る許可なんて取っていませんし……」

「……そういえばそうだったな」

テレパシーの魔法は普通、学生が使いこなせるようなものではない。

それに、テレパシーの魔法を使うためには受ける側にも高い技術が要求されるし、そもそも事前にお互いの魔力を重ねて二人の魔力を通じさせていなければならなかった。

記憶を失くしたリズにはテレパシーの魔法は使えなかったし、カインの仲間にテレパシーを送る許可を取っていないと思うのはあたりまえだ。

「……分かった。テレパシーは苦手だが、俺が連絡をとってみる」

「わっ、さすがは勇者様。よろしくお願いします」

カインはゆっくりと目を閉じ、テレパシーの魔法を使う。リズはその様子を心配そうに眺めていた。

体育倉庫の中で、二人の間に長い沈黙が流れた。

「……連絡がとれた」

「おぉ……」

「今の用事が片付いてからでいいのならと言っていたが、メルヴィが来る。ラーロは今、職員会議で駄目だった」

「おおぉ……」

高難易度の魔法をあっさりと使うカインに、リズは尊敬の眼差しを向ける。

ラーロ先生は来られないが、メルヴィが来てくれることになった。

「じゃあもう安心ですね。待っていれば体育倉庫から出られるんですから」

「そうだな。あー、無駄に焦った」

息を吐きながら、カインはそこに積まれたマットに腰掛ける。問題が解決しそうで安心し、リズも彼の隣に座る。

「しかし、凄いですねカイン様！　魔法の専門家でもないのにテレパシーの魔法が使えるなんて！」

「あー……前にな、便利だから習得しとけって程度の軽さで習わされたんだよ。……ある仲間からさ」

「テ、テレパシーの難しい魔法を、便利だからなんて軽い理由で……。そ、それは大変だったでしょう？」

リズの口元がひくつく。そんなに気軽に習得できる難易度の魔法ではない。

「ま、確かに戦場で混戦になった時とか超便利なんだけどさ。だからスパルタ教育で叩き込まれて、うちの仲間は皆テレパシーを使える」

「……ちなみに、そんな大変なことを簡単にやらせた、無茶な仲間はどなたなんですか？　ラーロ先生？　それともまさか、メルヴィ様？」

「……いいや」

「シルファ様？　レイチェル様？　いや、レイチェル様は魔法の専門じゃありませんし……。同様にミッター様とも考えにくい……」

「おらっ」

「ぎゃっ⁉」

カインはリズにデコピンをした。べちんといういい音がして、リズの額が赤くなる。

「え……？　なんで今私にデコピンしたんですか……？」

「さぁなー」

頭にハテナマークを浮かべながら、リズは自分の額を手で押さえて涙目になる。カインはぐいとリズに近づき、今度は頬を柔らかく引っ張った。

「全く、心配かけさせやがって。いつになったらお前は完全に回復するんだ？　みんな心配してるんだぞ？」

「ひゃ、ひゃい……？　にゃ、にゃんのことでふか……？」

頬を引っ張られながら、リズは疑問を覚える。カインの言っている言葉の意味がよく分からず、頬をぐにんぐにんと伸ばされながら首を傾げた。

「ちゃんと飯食ってるか？　夜はしっかり寝てるか？　体調とか崩すことはないか？」

「だ、大丈夫れふよ……。わたひは元々元気れふよ……？」

「全く、このこのっ、心配かけさせやがって……」

「ひゃいひゃい……」

カインはリズの柔らかい頬っぺたをむにむにと引っ張っていた。リズはされるがままになっている。

二人の顔は近い。

それは端から見れば、いちゃついている男女の姿であった。

「…………」

二人はいま、体育の授業が終わったばかりで、まだ少し汗ばんでいた。

ほんの少し湿った肌の、微かな汗の匂いが官能を刺激する。

カインの動きがぴたりと止まる。

ここは他に誰もいない薄暗い体育倉庫である。

彼の胸がざわついてしまう。

二人の顔は近かった。

「……ふん、悪いな。少し調子に乗った」

「え？　あ、いえ……」

そう言ってカインはリズの頬から指を離し、少し大げさに彼女から距離を取った。

リズの頬は赤くなっている。

それはスキンシップとカインとの距離の近さが原因で、頬を引っ張られた以上の意味があった。

「…………」

「…………」

二人の間に、再び沈黙が流れる。カインはそっぽを向いて、リズはもじもじしていた。

実は、見た目以上にカインは堪えていた。

それは今この場、というだけではなく、学園生活中ずっともやもやとした気分を抱えていた。仲間の一人が大怪我を負い、記憶も力も失って、自分たちのことを忘れ、それでも何とか生活をしている。

リズを一番心配しているのは、ほかでもないカインであった。

彼にとって、彼女は大切な女性であった。

うっかり気を抜けば、思わずその体をぐいと抱き寄せたくなる。以前からしていたようにぴったり寄り添い、ぎゅっと抱き締めたくなる。そうやって穏やかな時間を過ごしたくなる。

カインはそれを態度には出さず、我慢していた。

「あの……」

そっぽを向いていたカインはリズに呼びかけられ、ゆっくりと振り向いた。

「その……変なお願いなのですが……」

「…………」

リズの顔は赤かった。上目遣いで気恥ずかしそうにカインを見ている。

カインは小さく息を呑む。ここは薄暗い体育倉庫の中で、それだけで彼女が煽情的に見える。

リズは恥ずかしそうに、小さな声で言った。

「その……さっきのデコピン、もう一回してもらってもいいですか……？」

「しまった、スイッチ押しちまったか……」

リズはお仕置きの要望をしたのだった。

「……はっ⁉ わ、私ったらまた変なことをっ⁉ す、すみませんっ！ わ、忘れてくださいっ……！」

「ま、いいけどな。慣れてる」

「ち、違うんですっ！　なんだか最近私変で！　あぁっ！　ほんと何言ってるんだろう、私っ……！」

リズはさらに真っ赤になって、あたふたした。その動作はまるで子供のようで、煽情的な空気はぱっと散った。

カインは少し安堵し、慌てる仲間の姿をのんびりと見ていた。

「そんな慌てんなよ。お前が変態だってことはもう知ってる」

「違うんです！　私はそんな変態な子じゃないんですっ……！　違うんです！　違うんですからぁっ……！」

「…………」

「わ、私はちゃんと正しくて誠実な貴族なんですっ！　ち、違うんですっ！　さ、最近少し変で……、こんな私は本当の私じゃないんですっ！」

「…………」

リズはぐるぐると目を回しながら、混乱していた。彼女はさっきとは違う意味合いの涙目になった。

そんな彼女をカインはじっと見つめる。

「……なぁ」

「は、はいっ……！」

「別にいいじゃねえか、変態でも」

「……え？」

はぁっと大きな息をついてから、カインはリズと正面から向き合った。

真剣な目で彼女の瞳を捉える。

「俺は今のお前の方が少し心配だよ。お前のその情念が高ぶって、どうしようもなくなって、コントロールできなくなったら……そしたらまたお前は辛い思いをするんじゃねえかって」

「え？　え……？」

「お前は自分のことを淫乱で下品だと否定しているかもしれない。良識や倫理観が壊れかけ、清廉で真面目な貴族の人間としてこつこつ積み上げてきたものが壊れることを恐れているのかもしれねぇ」

「……………」

「でも、いいんだ。お前はもっと、自分に素直になっていい」

「……………」

それは以前カインがリズに贈った言葉だった。突然のカインの真面目な言葉に、リズは戸惑う。しかし、実は心当たりがないわけじゃなかった。

そして、なぜか胸の内が熱くなった。

「俺は、お前は凄えと思う」

「え？」

「素の自分を出す難しさって、勇者として生活してきてから痛いほど分かるようになった。自分を取り繕って上辺だけ丁寧な態度で人と付き合う方が、どれだけ楽か。素の乱暴な自分のまま、体当たりで一人一人とぶつかっていくことの難しさっていうのが、俺にはよく分かる」

「…………」

「だから俺はお前は凄えと思う」

カインの仲間として行動していた時のリズは、常にありのままの自分で他人と向き合ってきた。

そのせいで色々と面倒が起こったり、他者から罵倒されることもあったけれど、そのおかげで彼女は素の自分を認めてくれる仲間を持つことができた。

自分に素直になったから、素の自分を受け止めてくれる人と出会えた。

自分が彼女にアドバイスした事ではあるのだが、それを本気で頑張っていた。だからカインはリズを尊敬していた。

少し暗い部屋の中、カインは自分の大切な女性に、思っていることを語っていた。

「どうしようもなくなって暴走しそうになったら、俺に襲いかかってこい。受け止めてやる」

「え……？」

「だからお前はもっと自分に素直になっていいんだ」

二人は見つめ合う。

「お前はもっと自分を肯定してやれ、リズ」

そう言ってカインは笑う。

一度離した体をまた彼女に近づけて、その頭をくしゃくしゃと撫でた。

「…………」

リズは呆然としながら、彼にされるがままに頭を撫でられていた。彼の目を見つめながら、何か重たくて苦しい思いが軽くなっていくように感じた。

どくんどくんと彼女の内を熱い血潮が流れる。

自分の感覚がよく分からなくなる。心臓が早鐘を打つ。自分の中の何かが救われたような、奇妙な感覚を覚える。

そしてなぜか、そこに懐かしさも覚えた。

その言葉が昔から好きだった、と感じた。

彼女の内側の熱が、彼女の頬を紅色に染める。

「カイン様……」

「なんだ？」

「あの……、そのっ……」

もじもじとリズは身を縮める。照れくさそうに顔を伏せ、何か言いにくそうにしながら彼女は顔を真っ赤にしていた。

そして、ぱっと顔を上げた。

「……パンツくださいっ」

「……は？」

リズは、がばっとカインを押し倒した。

どん、とカインはマットの上に倒され、彼の肩をリズががっしりと掴(つか)んでいた。

「な、何しやがるっ!?」

「す、すみませんっ！　すみませんっ！　なんだろうっ!?　急に体が、止まらなくてっ……！」

リズはカインを押し倒してカインの上にまたがり、彼の着ているシャツをはだけようとしている。カインは必死に抵抗し、片手で彼女の手を押さえ、片手で彼女の顔を押し返していた。

「てめぇっ！　暴走早過ぎんだろっ!?」

「あぁっ！　違うんですっ！　体が勝手に⁉　私は一体何をして……何を言って……⁉」

「はーなーれーろーっ！」

マットの上での攻防が始まる。

リズがカインのシャツをぐっとはだけると、よく鍛えられた腹筋とおへそが顔を出した。

「ごめんなさいっ！　ごめんなさいっ！　でも、カイン様も悪いんですっ！　私の体の内側を熱くするようなことを言って……！　一体私に何をしたんですか⁉　カイン様⁉」

「てめぇが勝手に暴走してんだよっ！」

「あぁっ⁉　私は一体何をして……⁉　すみませんがパンツを少しクンカクンカさせてください……。あぁっ⁉　私は一体何を言って⁉」

「変態ーっ！　この変態ーっ……！」

リズははぁはぁと荒い息をしている。目はとろんと蕩けている。

まるで一年間お預けを食らっていた獣のようであった。

「うおーっ……！　パンツくれーっ！　私のパンツーっ……！」

「おめえのじゃねえ！　ドアホォっ！」

カインは必死でサキュバスの攻撃を防いでいた。彼のへそがちらりと見えている中、攻撃の対象を変更したサキュバスがカインのズボンに手をかけようとした。

その時だった。

「カインさん、リズさん、お待たせしました。災難でした、ね……」

「あ……」

「え……?」

救援を頼んでいたメルヴィが到着し、体育倉庫の扉を開いた。

カインとサキュバスの動きがぴしっと固まる。額から汗が垂れる。

サキュバスがカインの上に乗り、そのズボンに手を掛けている。何をしていたのか言い訳などできず、一目瞭然の状況であった。

固まる二人に対し、メルヴィはゆっくりと微笑んだ。

「お楽しみ中でしたか。あのあの……お邪魔しました、カインさん、エロ師匠……」

そう言って、ぱたんと扉を閉めて出ていった。

「違うんですーーーっ！　メルヴィ様ーーーっ！　違うんですーーーっ！」

「メルヴィーーーっ！　俺を助けろーーーーっ！」

二人はがばっと起き出し、扉へと走り寄った。

扉をどんどんと叩くが、また鍵が掛けられていた。

「おいぃっ！　メルヴィ！　てめぇっ……！　なに鍵閉めてやがんだよっ！　ふざけんな

っ！　開けろーっ！」

「メルヴィ様ーっ！　違うんですーっ！　誤解なんですーっ……！」

扉の近くで大声を出せども、何の反応もない。お久しぶりのお楽しみを邪魔しないよう、メルヴィは親切心百パーセントでやったことだった。

「出せーっ！　出せーっ……！」

「違うんですー……！　違うんですーっ……！」

彼らが体育倉庫から出られたのは、しばらく後のことだった。

第24話　【過去】リズとデート

陽光が燦々と降り注ぐ。

街には石造りの背の高い建物が整然と立ち並び、至る所に露店が出て、通りには活気が溢れている。

穏やかな昼下がりだった。

「カイン様～……！」

一人の男が待ち合わせの噴水の前にやってくると、その姿を見つけ、ある少女が大きく手を振って彼の名前を呼ぶ。

満開の花のような笑みで、嬉しそうな声だ。

呼ばれたカインは、手を振るリズにゆっくりと近づいた。

「待ったか？」

「いえいえ」

「綺麗な服だな、似合ってるぞ？」

「ふふふ、カイン様の女たらし～」

そう言ってリズははにかむ。

リズは真っ白なワンピースを着て、麦わら帽子を被っていた。彼女のふわふわとした金色の髪が白いワンピースに映え、とても清純な雰囲気だ。

淑女そのものと言っていいだろう。

「このサキュバスに清純な服がお似合いだとか、なんです？　ふふふ？　口説いてます？」

「よーし、さっさと行こうか」

「あーっ！　待ってくださいよーっ！　カイン様ーっ！」

そう言ってすたすたと歩きだすカインの腕に、リズがひしとしがみ付く。

腕をからませて、二人並んで歩く。

今日はカインとリズのデートの日だった。

「いつもの、皆と一緒……っていうのも好きなんですけどね」

カインとリズが二人でデートするのは久しぶりだった。

カインが婚約を交わしているのは、大国の姫騎士であるシルファと大教会の聖女メルヴィである。リズは彼と婚約を交わしていない。

三人の女性たちの仲は良好なのだが、世間的なバランスを考えると、リズはカインと婚約できる状態ではなかった。

今でも当の本人たちを別にして、大国と大教会の間でじりじりと駆け引きが行われているのだ。

だから公式なパーティーやイベントでは、カインはシルファやメルヴィを伴うことが多かった。そうすることしかできなかった。

「わりぃな……いつも苦労をかける」

「全然気にしてませんよ？　誰が一番とか、私たちは興味ありませんし」

彼の腕を抱きながら、リズは微笑む。

「それに苦労をかけるっていうなら、私の方が断然苦労をかけてる方ですしねっ……！」

「でい」

「あだっ……！」

カインはリズにデコピンをした。リズがのけぞる。

「はぁはぁ……♡　カイン様……もっと……♡」

「ほら、さっさと行くぞ」

「はぁい♡」

嬉しさで、リズの頬が緩む。

「カイン様とのデート、楽しみです」

「……あぁ、俺もだ」

カインとリズの、久しぶりである二人きりのデートが始まった。

時間はあっという間に過ぎていき、お昼を過ぎた。

「いやぁ！　今回の演劇は本当に良かったですねぇっ……！」

「ま、なかなかのもんだったな」

「そんなこと言って、カイン様、食い入るように見ていたじゃないですか！」

「ふん」

二人は、喫茶店でお茶を飲みながら語らっていた。

彼らはデートの始めに、演劇を鑑賞していたのだった。その感想をゆっくり寛ぎながら喫茶店で語り合っていた。

「私はやっぱりあれですね。主人公がヒロインに愛の告白をするシーンに感動しました」

「俺は戦場での戦闘シーンが面白かったな」

「へー、やっぱりカイン様は男の子ですねぇ……」

「お前の事前調査がかなり活きたな」

リズは恋愛ものが好きで、カインは英雄譚などの活劇が好みである。そのためリズは演目を事前に調査して、恋愛色のある英雄譚の演目を見つけたのだった。

狙いは見事に当たり、この演劇はリズとカインの両方が大満足する結果となった。

「お前の事前調査に感謝だな。十分に楽しめた」

「ふふふ、カイン様に楽しんでいただけて、何よりです」

「ふん」

リズはにこにこと笑ってカインを見ている。カインは少し顔を逸らして、コーヒーをぐいと飲んだ。

「……しかし私、あの演劇で一つ大きな不満があるんです」

「ん？　なんだ……？」

リズの言葉にカインは首を傾げる。リズは公演中、うっとりと頬を染めながら演劇を熱心に見ていた。不満な点なんて一切ないのだと思っていた。

リズは言う。

「エッチなシーンがありませんでしたっ……！」

「ドアホ」

リズは無茶を言っていた。

「いや、でも聞いてください、カイン様。物語の終盤、主人公の部屋で夜、ヒロインに愛の告白をして、そのあと二人はキスをしたじゃないですか」

「あぁ、あったな」

「あの後絶対やってますよねっ！」

「まぁ、やってるだろうけどさ……」

リズは熱を入れて語り、カインは呆(あき)れた。ここは一応公共の場であるが、この程度の発言が飛び出たからといって動揺するカインではない。

「普通の演劇で無茶言うなよ、リズ……」

「いや、でも聞いてください、カイン様！　私は官能小説を読み過ぎたんです……！」

「はぁ……？」

リズは健全な淑女として、エッチな小説をよくよく嗜(たしな)んでいた。

「官能小説だったらあの後絶対エッチシーンなんですよ！　で、ああいうシーンを見ると、あ！　いい感じ！　いい感じの雰囲気っ！　……ってこっちはついワクワクしちゃうんですよ！　でもキスシーンの後ぱっと場面が変わって朝になってて、すぐ次のシーンに移行しちゃうんですよ。その時、あぁ、これ一般向けの話だったな……って、少し寂しい気持ちになるんですよ……。分かります!?　この気持ちっ！」

「分からん」

リズの熱い気持ちを、カインはバッサリと切り捨てた。

「エロシーンがないことなんて始めから分かってるだろ」

「違うんですよ！　そういう男女がイチャイチャしているシーンを見るだけで、こう……なんかそわそわしちゃうんですよ！　心が勝手に反応しちゃうんですよ！　二人の仲睦まじいエッチシーンを期待しちゃうんですよ！　分かりますっ!?　この気持ち!?」

「分からん」

カインは葉巻を取り出して、どうでもよさそうに火をつけた。

「……エッチシーンがないってだけで、ちょっと損した気分になるんですよ……」

「知るかよ」

「官能小説ってやっぱどうしてもマイナーな部類に入っちゃうんですよねー。こう、人と作品を語り合おうとしても、『すみません、私そのタイトル知りません』ってなっちゃうんですよねー。あー、もっと官能小説について、人と熱く語り合いたい……！」

「ま、そりゃどうしてもメジャーな分野から外れるからな」

「私が官能小説について熱く語り合えるのはメルヴィ様とシルファ様ぐらいですよ……。もっとたくさんの人に布教して、語り合いたいなー」

「あんま二人に迷惑かけんなよ？」

メルヴィとシルファは『布教』という名の汚染に強く晒されていた。

レイチェルも拒絶しているように見えて、実は隠れてこそこそと頬を染めながら読んでいる。もちろんリズはそれをちゃんと把握していて、ニヤニヤしながら彼女の様子を眺めていたりする。

レイチェルはちょろかった。

「でででも！　官能小説の中にもストーリーがしっかりしてて、文章も上手で、とても感動できる作品もいっぱいあるんですよ！　私はそれをたくさんの人と熱く語り合いたい！　あれらの素晴らしい作品が、エッチシーンが入っているという理由だけでメジャーな作品と認められないのはもったいないと思います……！」

「確かにリズがめっちゃ勧めてくる官能小説は、かなり良かったよ」

「でしょうっ⁉」

リズは目をキラキラさせて、カインにぐっと顔を近づけた。

官能小説について語っているという部分を除けば、今の彼女は自分の好きな作品について熱く語る純粋な少女そのものだった。

……官能小説について語っている、という部分を除けば。

「ではカイン様！　これから本屋に行きましょう！　その本屋さんに『勇者一行おすすめエロ小説コーナー』を設置してもらうんですっ……！　爆売れ間違いなし！　布教活動大成功間違いなしですよ！」

「よっしゃ！　今日は絶対に本屋には寄らねえからな！」

「カイン様のいけずーっ！」

リズがわっと泣いた。

カインの英断によって、二人はちゃんとしたデートができているのだった。

日が暮れて、空が暗くなる。

二人は遊び疲れて、公園のベンチでゆっくりと休憩していた。閑散とした広い公園であり、所々に植えられた樹木の葉っぱが風でなびき、さわさわと音を立てる。

ベンチで休む二人の両脇にはたくさんの紙袋が置かれている。

今日一日で様々な店を回り、たくさんの買い物をしたのだった。

「今日は楽しい一時をありがとうございました。カイン様」

「そりゃ、お互いさまってもんだ」

二人は露店で買ったジュースを手に持って、それをちまちまと飲んでいた。遊び疲れた後のゆったりとした一時だった。

「世の中が平和になったら、ずっとこんな日を送れるんでしょうかね？」

「さぁな」

今、世界各地で魔王軍との戦いが勃発している。

彼ら勇者たちは、その魔王軍に対する切り札であった。怪我でもしない限り、戦いの先陣を切って戦うほかなかった。前に進める限り、前に進むしかなかった。

こんなにゆったりとした時間は滅多になかった。

「あ……」

リズは小さな声を上げ、あるものを目で追っていた。

それは学生服を着た男女の二人連れだった。にこやかに笑いながら、その二人がこの公園を通り過ぎようとしている。

リズはその様子をじっと眺めていた。

「学校に行きたいのか……？」

「………」

リズは自分の中のサキュバスの力が目覚め始めてから、学校を退学していた。中断してしまった学問に対しても、少しばかり未練があった。

「あの、カイン様……」

「なんだ？」

「前に、皆で青春っぽいことしたいって言ってたじゃないですか？」

「あぁ、言ったな」

カインは以前、仲間たちとそんな話をした。

彼等は強い力を得るために様々なものを犠牲にしてしまっている。人としての真っ当な生活を捨てたり、他の人が普通堪能できる楽しい事や嬉しい事を経験できていなかったりする。

だから、いつかこの仲間たちで楽しい事をしよう。皆で青春時代を経験しようという話をした。

「その青春を楽しむために、学校に通うなんてどうですか？」

「学校……？」

リズに言われ、カインは頭の中でイメージする。

学校。それは確かに青春の代名詞のようなものだ。友達を作り、勉学に励み、部活動を楽しむ。自分たち戦士にはない時間だ。

そしてなぜだろう、その情景を想像するだけで、胸の内がほんのりと温かくなった。

リズがカインの顔を覗き込み、ゆったりと笑う。

「……きっと楽しいですよ？」

「はは、そうだな。それもいいかもな」

夜になり始めて冷ややかな風がひゅうと吹く。

「田舎のバカガキでも学校って行けるものなのか？」

「カイン様だったらすぐに学校の人気者ですよ。すぐにたくさんの女子に囲まれますよ」

「そうか？」

「あ、でもあまり大勢に手を出し過ぎちゃいけませんよ？　私の分も残しておいてくださいね？」

「よし！　学校はやめよう！　リズが女生徒に迷惑をかけまくっちまう！」

「そんな～」

そう言ってへらっと笑い、リズは露店で買ったお菓子を取り出した。クッキーにチョコレートを挟んだクッキーサンドというお菓子だった。

最近流行(はや)りのお菓子で、リズはそれをぱきっと割って齧(かじ)った。

「こうやって放課後とかに皆でぶらぶらして、お菓子を買い食いして、それはきっと凄(すご)く平和で楽しいと思いますよ?」

「そうだな。そう思う」

カインもリズと同じ菓子を取り出す。二人で一つずつ買ったものであった。

「未来への楽しみにしておくか」

「ふふふ、それはいいですね。とても楽しみです」

カインとリズは微笑(ほほえ)み合った。この戦いがいつ終わるのかは分からない。誰が生き残るのかも分からない。

しかし分からないからといって、未来の話を避けることはしなかった。

未来を恐れなかった。

カインが大きく口を開け、クッキーサンドを頬張ろうとした。

「………………」

瞬間、なぜか躊躇(ちゅうちょ)した。カインは口へ運ぶ手を止める。

「…………」

「…………」

カインはほんの少し何か違和感を覚えた。その正体は全く分からない。しかしこの一瞬に何かを感じ取って、カインは食べるのをやめた。

リズがこちらを見ている気配がした。顔は動かさず、視線だけでちらとカインの行動を見守っている様子だった。

「…………」

クッキーの色が少し濃い。今リズが手に持っているクッキーよりも、自分が持っているクッキーの色の方がほんの僅かに濃い感じがする。

彼は思い返す。露店を見つけ、あれを買おうと言い出したのはリズであった。その後リズがととと、と露店に駆け寄って二つ買い、その一つをカインに手渡したのだった。

カインは今手に持っているクッキーサンドをじっと見て、考える。

「まさか……、手作りクッキー……!?」

思えばあの時、このお菓子をすり替えるチャンスはあった……。

「ちっ」

カインがそう言うと、リズはあからさまに舌打ちをした。

「せっかく下調べして、そっくりのクッキーサンドを作ったのになぁ……」

「うわっ!?　あぶねぇ！　あぶねぇっ……！　もう少しで騙されるところだったぞっ!?」

カインは狼狽する。

リズは露店で売られているクッキーサンドを事前に下調べしており、それとそっくりのお菓子を手作りして、すり替えてカインに渡していたのだった。

なぜそんな事をしたのか……理由は明白である。手作りクッキーの中には、リズ特製の媚薬が入っているのだった。

「てめぇ、このヤロウ。随分手の込んだ真似をしてくれるじゃねぇか」

「いひゃいいひゃい」

カインはリズのほっぺたを引っ張った。リズの柔らかい頬が赤くなる。

「あともう少し……、あともう少しだったんですがねぇ……」

「お前といると、マジ油断ならねぇ」

「うちの女性陣なら絶対引っ掛かってくれたんですが」

「鬼か、てめぇ」

手を変え品を変え、女性陣たちは何度もリズに騙されて手作りクッキーを食べさせられていた。

「あーあ、今日はとっても熱い夜を過ごしたかったんですがね」

そう言って、リズは大きく伸びをした。腕を高く上げ、胸をぐいと張って体を伸ばす。

悪戯(いたずら)がバレた後ろめたさを誤魔化すように彼女は体を軽く動かし、目を細めた。

夜が深まってくる。公園に静けさと寒さが染み渡り、リズの体がぶるっと震えた。

「…………」

カインはリズが作ったクッキーサンドをじっと見た。

そして……。

「ふん」

「え……？」

カインは大きく口を開け、そのお菓子を半分口に含んでバリっと齧(かじ)った。

ばりばりもしゃもしゃとカインの口の中から音がした。

「カ、カイン様……？」

「ふん」

「もがっ」

目を丸くするリズの口に、カインは半分残したクッキーサンドを突っ込んだ。

口に無理やりものを詰められて彼女の体はびくっと震えるが、お菓子はリズの口にすっぽりと収まり、すぐに自分で作ったクッキーサンドを食べた。

「…………」

「…………」

二人でもぐもぐと大きく顎を動かして、お菓子を咀嚼する。リズは軽く口に手を当てて、お淑やかな少女のような仕草でクッキーを食べている。

カインは大きく喉を動かし、口の中のお菓子をごくんと飲み込んだ。

「……ほら、さっさと近場のホテルを探すぞ。これ食べちまったら、もう後戻りはできねえんだからな」

「………………」

リズはごくんとお菓子を呑み込んで、こくりと小さく頷いた。

カインはてきぱきと荷物を整理し、ベンチから立ち上がってリズの手を取る。淑女をエスコートする紳士の姿だった。

カインに手を取られて立ち上がり、リズは彼に嫋やかな笑みを向けた。

それは淑やかで、花のように可憐な笑顔であった。

「私をここまで受け入れてくださるのはカイン様だけです」

「けっ」

カインは照れ隠しのために顔を背けて嫌そうにする。そんな彼の腕をリズは両腕で抱き、彼と腕を組む。

二人の頬が少し赤く染まる。彼女の胸が彼の腕に当たる。白いワンピース越しにその柔らかい感触が彼の腕に伝わる。

彼は落ち着いた動作で葉巻を取り出し、片手で火を付ける。彼女はくすりと笑った。

そしてそのまま仲睦まじく寄り添って歩きだした。

「おめぇから誘ったんだからな。今日は思いっきり乱暴に抱いてやる」

「ふふふ、それは楽しみです。私、中途半端では満足できませんよ？」

「ふん、言ってろ。今に泣きっ面かかせてやる」

「返り討ちにあわれないことを心より願っております♡」

そう言って二人、身を寄せ合いながら夜の中を歩く。

公園は静かで空に星が煌めき始めている。冷たい風とは対照的に、二人の心と体の内側には熱がこもり始めている。

段々と赤くなっていくお互いの肌を感じて、二人は色を含んだ笑みをこぼした。

そうして二人は夜の街へと消えていくのだった。

第25話　【現在】今再び、魂が震えた

「はあぁぁ～～～……」

アイナは机に突っ伏し、大きなため息をついた。

彼女はこのところ、ある悩みを抱えていた。

それはクラスメイトのリーズリンデに謝罪ができるかどうか、ということだった。

アイナはまだ激辛シュークリームの件を彼女に謝れていなかった。アイナの心にずっとしこりとして残り続け、気持ちが晴れないままでいた。

夏休みの宿題を、やらなきゃと思いつつやっていない子供のようである。

「ということで、カイン様たちは三日ほど学校を欠席するようですよ？」

教室内の少し離れた方からリーズリンデの声が聞こえる。自分が話し掛けられたわけではないが、アイナは顔を上げた。

リーズリンデが友達と談笑しているようだった。話題は勇者カインが今日学校に来ていないことについてだった。

「わたくしは、勇者様たちは遠征に行かれるとしか聞いておりませんでしたが……そうで

すか、近くで魔王軍の不穏な動きがあったのですね？」

「ここら辺の土地は安全なはずなんすけどねぇ？　恐いっすねぇ……」

リーズリンデの親友であるルナやサティナが、心配そうに頷いていた。

勇者カインたちの一行は、ここ数日学校を休むという。学校側から詳しい事情の説明はなかったのだが、リーズリンデの話によると、近くの都市に魔王軍の敵が忍び込んで悪さをしているらしいので、その討伐に当たるという。

「しっかしリズ様、勇者様とかなり仲良しなんじゃないっすか？　勇者様から直接聞いた事なんすよね？」

「そ、そんなことないですよ、きっと。私が特別仲良しなんてことないと思います、サティナ様」

サティナの言葉に、リズは両手をぶんぶんと振った。

「あ、ああ見えてカイン様は根が優しい方ですから……。私以外にも優しくされてると思いますよ？」

「ああ見えて、って言ってる時点で勇者のことよく分かってますよー、って言っているようなもんやな」

「そ、そういうわけでは……？」

カインは人前では誠実で爽やかな好青年を演じている。

だからリズの言う「ああ見えて根が優しい」という感想は、素のカインと深く接している人物しか持つことのできない意見だった。

「そ、そんなに私、カイン様を深く知っているわけじゃないと思うんですけどね……。彼の体操服のパンツがロッカーにしまわれているのは把握しているのですが……」

「……ん？」

「なんや、それ？」

「いや、その情報必要っすか？」

「あ、いや！　なんでもない！　なんでもないですっ！　あはははは……！」

リズは誤魔化すように慌てて手を振った。

「私何言ってんだろ……」

そして頭を抱え、小さくそう呟いた。

そんな彼女たちの様子をアイナは横目で眺め、はぁっとため息をついた。

リーズリンデは先日の激辛シュークリーム事件のことを全く気にしていないようだ。負い目を感じているのは自分だけ。

一人相撲のように感じてしまう。

思い返せば、勇者カインたちが編入してきてから、自分は良い目を見ていない。

勇者たち一行にアプローチをかけても、なぜか彼らの注目はリーズリンデに向けられる。シルフォニアとの模擬戦も、メルヴィとの保健室の件も、色街での騒動も、自分は面目を潰されたり、或いは簡単にあしらわれている。

そして色街では、リーズリンデの一言によって自分は外国に売られずに済んだ。音楽室での事件も、彼女の活躍によって自分は痛い目を見ずに済んだ。

空回りをしている。

敵と認識した人に反撃を食らい、軽くあしらわれ、そして助けられている。自分は空回りしている。自分は見向きすらされていない。どうやら舞台にすら上がれていないようだ。

アイナはそう考えていた。

「はぁ〜〜〜……」

そうして彼女はまた大きくため息をついた。

「……ん？」

そうしてうなだれていたのだが、そこまで考えてアイナはやっと教室の異変に気付く。

「……あれ？」

「なんだ？」

「なになに？　なんか騒がしい……？」

教室の中が騒がしくなっている。ざわざわと声が飛び交い、クラスメイトたちが何か不安そうな声を発していた。

　アイナは机から顔を上げる。ぐるぐると悩み事が頭の中で回っていたため、教室の様子に気付くのが少し遅れてしまった。

「誰、あれ。校庭に誰かいる……」

　教室の皆は窓に張り付いて、校庭を見下ろしていた。

　アイナも皆の背中越しに校庭を見下ろす。

「……？」

　校庭の真ん中に黒いコートのフードを被った男が立っていた。

　そしてその男を取り囲むように、学園の先生たちが校庭に集まっている。どうやらこの男は学園への侵入者らしかった。

「何あの黒フードの奴……」

「先生たちがすぐにとっ捕まえるよ」

　教室の窓から学生たちが不安そうに眺めていた。

「そこのお前……！」

「一体何の用だ！」

「手を地面に突いて投降の意志を見せろ！　さもないと攻撃を開始する……！」

　校庭から先生たちの張り詰めた声がする。先生たちは黒フードの男を取り囲み、武器を向けていた。

「…………」

しかし、男はなにもしない。投降の意志を示そうとせず、ゆっくりと周りを見回し、先生たちを値踏みしているようだった。

「でああぁぁぁっ……！」

「……！」

校庭にいる先生の一人が武器を構えて、その侵入者に襲いかかる。それに呼応するように、他の三人の先生も男の背後、側面から一斉に襲いかかった。

四方からの一斉攻撃。男はすぐに倒されるものと学生たちは思っていた。

「え……？」

しかし、黒フードの男は小さく動いて、悠々と先生たちを迎撃した。

正面の先生を電撃の魔法で打ち倒し、背後からの攻撃をすんなり避けて痛烈な蹴りを食らわし、側面二人の先生に炎の魔法を浴びせかけた。

「ぐわあああぁぁぁっ⁉」

「あっ……⁉」

四人の先生が一瞬の攻撃で、気絶して校庭に横たわった。

「嘘(うそ)っ⁉」

「そんなっ……!?」

「先生が四人、同時にっ……!?」

学園中に大きな動揺が走った。

先ほどまではそんなに緊張感はなかった。既に十人の先生たちがその侵入者を取り囲んでおり、すぐに捕まるものだと思っていた。

生徒たちはどちらかというと、捕り物劇を楽しみにしていた節もあった。

しかし状況は大きく変わった。四人の先生が一度に打ち倒され、校庭には六人の先生しかいない。

勝てないかもしれない、自分たちにも災厄が降りかかるかもしれないと、生徒たちは思い始めた。

皆の不安と混乱の声が、ざわざわと学園中にこだまする。

「よく聞けっ！　学園という鳥かごに守られ、平和によって堕落しきった愚かな学生どもよっ……！」

びりびりと空気を裂くような大声が響き渡る。

黒フードの男が初めて声を発した。

「我はその偽りの平和を打ち破り、お前たちに刺激を与える者だっ……！」

そう大声を上げる男に、異変が生じ始めた。

その男の体が膨らんでいく。元々身長が一メートル八十センチほどだった体が、横にも縦にもどんどん大きくなっていき、三メートル、四メートルにもなっていく。体の肥大化に伴い、男の着ていたフード付きの黒いコートが破れて体が見えるようになる。

肉はブヨブヨに弛んでいる。皮膚の色は薄い緑色であり、どう考えても人間の肌のようには見えない。

身長四メートルほどの大きな巨体に見合う大きな手には、いつの間にか全長二メートルもの大きなハンマーが握られている。

「な、なんだあれ……」

「化け物……」

平和な学園の校庭に、人ならざる巨体が出現した。

「我が名はアンディ・マッキントン……」

低く唸るような声に、学園の生徒たちが戦慄する。

「我は魔王軍の幹部であるっ！」

巨体の化け物はそう高らかに宣言する。

「え……？」

学園が一瞬、奇妙な沈黙に包まれた。

校庭に堂々と佇む化け物の口から、あり得ない言葉が発せられたからだ。

「ま、魔王軍幹部？」

「う、うそ……？」

　魔王軍幹部。世界中を荒らし回り、魔王軍の中核を担う存在だ。彼らに対抗できるのは、それこそ勇者パーティーの者たちと比肩するほどの実力者だけである。

　それは紛れもなく世界の脅威であった。

「ば、ばかなっ⁉　あり得ないっ……！」

「どうして魔王軍幹部がこの学園にいるのよぉっ⁉」

　やっと現実を理解し始めたのか、学園生たちが悲痛な叫び声を上げ始める。顎が震え、歯がガチガチと鳴り、目の前の恐怖に震えている。

　学園が戦慄と恐怖に彩られていく。

　魔王軍。それは人々にとって恐怖そのものだった。

「我の目的はただ一つ……！」

　アンディ・マッキントンと名乗った化け物がまた声を発する。それだけで場は緊張感に包まれ、生徒たちの全身から汗がだらだらと流れ出す。

「お前たち全員を拘束し、人質とすることだっ……！」

　魔王軍幹部の大声に学園の生徒たちは体を震わし、思わず耳を塞ぐ。しかし、それでもなお迫力あるその声は、皆の鼓膜を揺さぶっていった。

「お前たち学園の人間は、もう二度とこの敷地から出られないと思えっ！」

「そんなっ⁉」

「バカな……⁉」

魔王軍幹部が他に仲間を連れている様子はない。巨体になる前には黒いフードを被った普通の人間体形だったことを考えれば、この化け物は人の姿に化け、密かに単独で人間たちの領域に忍び込んできたことが窺えた。

「勇者カインたちは我々の陽動によって、あと二、三日は戻って来られないだろう！　無駄な抵抗はやめることだ！」

「……！」

今学園には勇者カインたちの一行はいない。それはこの土地の近くに魔王軍の一味が忍び込んで活動しているという情報を得て、討伐に向かったためだった。

しかしそれは目の前の魔王軍幹部が言うには、彼が仕向けた陽動なのだという。

「…………」

「…………」

学園の皆の顔が青ざめる。

偶然ではなく用意された状況に対して、ほとんど絶望のような感情を抱えていた。

「無駄な事をやめるのはお前の方だ！　魔王軍幹部アンディ・マッキントン！」

「んん……？」

校庭に出てきて巨体の化け物に近づき、声を上げたのはこの学園の校長であった。

校長がアンディの目の前に立つ。

「我々は、勇者様を屈服させられるほど人質としての価値はない」

「……なんだと？」

「有事の際にはどうぞ我々学園の人間を見捨て、世界のために働いてくださいと、既にそのように勇者様に自らの意思を伝えている！　我々の身に何が起ころうが、そのために勇者様が不利になるようなことは一切ない！」

校長が大声でそう叫ぶ。

「勇者様を学園に迎えることが決まってから、もう既に我々には覚悟が決まっている！」

「………………」

「時間をかければ王国軍の軍隊もこの学園を包囲する！　孤立無援であろうお前には、もう既に退路はないっ！」

学園を人質に取ろうとも、戦況に一切の変化はない。校長は高らかにそう宣言した。覚悟の決まっていない学園生たちは震え上がることとなってしまったが。

実際、人質を取られていることを無視さえすれば、追い詰められているのはこの魔王軍幹部アンディの方である。人間の領域に単身で突っ込めば、さすがに魔王軍幹部といえど分が悪い。

「馬鹿め……」

「………」

しかし、アンディはニヤリと笑う。

「それが無視できないから、あいつは勇者なのだ」

「……っ⁉」

アンディは大きくハンマーを振り上げ、地面に叩きつける。その周囲の地面が割れ、校庭に大きなひびが広がる。

校長は即座に防御魔法を展開するが、ハンマーの周囲に発せられた衝撃波はいともたやすくその防御を砕き、校長の体は吹き飛ばされた。

「ぐわあああぁぁぁぁっ……！」

「校長先生っ！」

校長の体は空高く舞い上がり、地面に叩きつけられて何度もバウンドして動かなくなった。一撃で戦闘不能に追いやられていた。

「さらにもう一つ要求をさせてもらおうっ！」

魔王軍幹部が大声で校舎の中にいる学園生たちに言葉を投げる。

「お前たち全員が人質であることは変わりないが……それとは別に、勇者と懇意にしていた者を十人差し出せっ！」

「……っ⁉」

「手始めの見せしめだっ！　体を痛めつけてボロボロにし、その様子を勇者たちに突きつけてやるっ……！」

その言葉に、元々青ざめていた学園生たちの顔がさらに青ざめる。

ついに魔王軍幹部による暴虐が始まろうとしていた。

「ゆ、勇者様と仲の良い十人……？」

「だ、誰……？」

「お、俺は違う！　一言しか喋ったことない！」

校舎の中がざわつく。

「一時間以内に決まらなければ、五十人に増やすことにする。数が多ければより圧力になるだろう」

「……っ⁉」

そのアンディの言葉に、皆震え上がった。恐怖が学校全体に染み渡る。

「わ、私は違うしっ！」

「お、俺も！　勇者様たちとはほとんど交流はない……！」

「誰が勇者様と仲が良いのよっ……！」

混乱と恐怖で、生贄探しが始まってしまう。この学園の周辺は王国による厳重な警備で守られており、彼らは今まで魔王軍の脅威にほとんど晒されたことがなかった。

経験したことのない強い恐怖は、彼らをパニックに陥らせた。

「……アイナ様が勇者様に取り入ろうとしていた」

誰かがぽつりと呟く。

「……え？」

「そうだ……。アイナ様はよく勇者様とお話ししていた」

「もしかしたら、勇者様に気に入られているかも」

「勇者様とアイナ様は仲が良かった……？」

誰かの呟きに呼応して、他の人たちもその意見に同調する。推測と噂がざわざわと広がって、それが校舎内の主たる意見となる。

その声は微かではあるけれど、アンディに届いていた。彼はアイナの名前を耳に留めた。

「ち、違……、わ、私は……」

アイナは顔をさっと青ざめさせて、よろけながら後退する。

白羽の矢が立ったのは自分だ。体が震え、呼吸は荒くなり、声すらも出せない。

「………」

「…………」

皆の視線がアイナに集まる。アイナはふらつきながら後ろに下がるが、背中が壁についてしまった。

逃げる場所はない。もしかしたら自分は殺されるかもしれない。ガタガタと震えながら、涙がこぼれた。

「わ、私は……」

震える口は、何も言葉を紡げなかった。

その時だった。

「ん……？」

「……え？」

三階のとあるクラスの窓から、一人の少女が飛び降りた。

空中に身を躍らせて、数メートルもの高さから怪我（けが）することもなく、敵のいる校庭に着地した。

「え……？」

「あ、あの人は……？」

校舎内の学生たちがざわつく。アンディもその少女を凝視する。

少女はゆっくりと歩き、巨体の化け物の方に歩を進める。ふわりとした金色の髪が揺れる。

そして少女は敵の目の前に立った。

「……初めまして、魔王軍幹部アンディ様……」

「…………」

少女は鋭い目で彼を睨む。それと同時に額から汗が流れ、緊張していることが見て取れた。

「……私がアイナです」

――それは、学園生リーズリンデだった。

少女リズはアイナの名を名乗った。

「ほう……」

アンディの大きな目がリズの体を凝視する。

魔王軍幹部の巨体を前にして、リズの中の恐怖心が一気に膨らんでいく。敵の圧倒的なプレッシャーを前に涙が出そうになる。

けれど、リズはアイナを守るために彼女の名を騙ったのである。ここで尻込みするわけにはいかなかった。

体が震えそうになるのを抑えるため、リズはぐっと歯を食いしばる。

「そうか、お前がさっきから名前が聞こえてきていたアイナか。自分から出て来るとは、感心感心……」

「…………」

アンディは目の前の少女が『アイナ』ではないことに気が付かなかった。彼は校舎内で呼ばれる『アイナ』の名前は聞こえていたが、その教室内で顔を青ざめさせて震えていたアイナの姿は見えていなかった。

故に今、目の前に名乗り出たリズをアイナだと思い込んだ。

「では勇敢なるアイナとやら。お前には一番最初に犠牲となってもら……、ん……？　お前……？」

喋っている最中、ニタニタしていたアンディの表情が急に険しくなった。

眉をひそめ、目の前のリズを注意深く観察するようになった。

「まさか……、お前……？　いや、違う？　話に聞く魔力が全然感じられない……？　別人か……？」

「……？」

アンディは独り言のようにぶつぶつと呟きながら、リズを見て何か考えていた。リズにはその独り言の意味が分からない。

「……私はあなたの人質になるためにここに来たんじゃありません」

「ん……？」

アンディの考え事を遮るように、リズは険しい声で喋りだす。

「あなたを倒すためにここに来ました」

「………」

リズは、目の前の怪物に目一杯敵意を向ける。瞳は鋭く、気を昂らせる。

ただ、当のアンディはその敵意を向けられ、きょとんとした表情となった。少女の言っていることがよく分からない、というかのようであった。

そして大きく笑いだす。

「ハハッ！　ハハハハッ……!?　我を倒すとっ!?　本当にそんなことができると思っているのかっ!?」

「できますっ……！　ここは誇り高いフォルスト国立学園。そう簡単に私たちを屈服させることができるなどと思わないことですっ！」

「無駄だ、女。お前たちは未熟故に学生なのだ。我には絶対に勝てん」

アンディは余裕をもってリズと相対しながら、大きなハンマーをゆっくりと肩に担いだ。小娘なんかには負けないと、大きな態度がそう言っていた。

「やってみなければ分かりませんっ……！」

リズはそう言うとともに、瞬間的に自分の魔力を高め、不意打ち気味にアンディに魔術を放った。

あらゆるものを切り裂く風の魔術が、アンディに襲いかかる。

不意に戦いの火蓋が切られた。

「無駄だっ！」

リズの魔法が体に届くまでの数瞬、アンディは大きな体を機敏に動かし、瞬時に肩に担いだ大きなハンマーを振るった。

ハンマーには火の魔術を纏（まと）わせてあり、炎の尾を引きながらリズの放った風の魔術を叩（たた）こうとした。

「ん⁉」

「…………」

しかし、ハンマーには一切の手ごたえがなかった。アンディは目を見開く。

リズが放った魔法はハンマーに阻まれることなくそれを透過し、さらに彼の巨体を一切傷つけることなく通過する。

そして、霧が晴れるようにその風の魔術は消え去った。

「幻術かっ！」

風の魔法はリズが作った幻だった。

「はあぁぁぁっ！」

「ぜあああぁぁぁっ……！」

校庭に残っていた六人の教師たちが一斉にアンディに襲いかかる。敵は幻術を誤って叩き、勢い余って体勢を崩しかけた。

その好機に乗じて、一斉に攻撃を仕掛けようとしたのだ。

しかし、

「甘いな……」

アンディは振り過ぎたハンマーの勢いをほとんど殺さず、そのままもう一回転させた。

襲いかかってくるハンマーは教師たちを直撃しなかったものの、ハンマーが纏う炎の余波が周囲に撒かれ、それが教師たちに大きなダメージを与えた。

「ぐわあああぁぁぁあっ！」

六人のうちの二人がその炎の余波に吹き飛ばされ、戦闘不能となる。

「ふんっ！」

そして一回転させたハンマーを頭上に高く掲げ、それを自分の近くの地面に叩きつけた。

地面を叩いたハンマーには土の魔術が仕込まれており、アンディの周囲全方向の地面から尖った土の塊がせり上がった。

「うわあああぁぁぁあっ……！」

残った教師四人が全員吹き飛ばされ、校庭にいた教師は全滅した。

この学園でも特に戦闘能力に優れていた教師たちが、一瞬で敗れ去った。

その様子を見ていた学園の生徒たちが顔を真っ青にして、膝からくずおれる。絶望が心に湧き出していた。

しかし戦いは終わっていなかった。

「ここですっ！」

「むっ⁉」

瞬間の乱戦の中、リズがアンディの頭上を取っていた。炎のハンマーも土の棘もかわし、高く宙を舞ってリズは彼に肉薄していた。

「はあああぁぁぁぁっ……！」

「ぐっ！」

アンディの至近距離からリズが渾身の氷魔法を放つ。土の広範囲魔法を放ったことで、アンディの体勢は崩れている。

避けられないことを悟ったのか、アンディの顔に初めて焦りの表情が生まれる。

リズの放った魔法は一メートルもあるような巨大な氷の塊だった。それがリズの手から勢いよく噴出され、アンディの額を強く打った。

ズゴンという大きな音が響き、体が震えるような衝撃が周囲に走る。

会心の一撃だった。

「おぉっ！」

「やった……！」

校舎の中から歓声が上がる。

アンディの頭に強い衝撃が襲いかかり、彼は大きく体をのけぞらせた。口を大きく開き、片足が地面から離れる。

彼の巨体が傾き、もうすぐ背中が地面につきそうであった。皆がその体が倒れ伏す光景を期待した。

しかし、そうはならなかった。

アンディは浮き上がった片足を即座に後ろに持っていき、力を入れ、倒れそうになる体を支えた。

ずしんと足が地面を打つ。そして大きくのけぞった体に力を入れ、彼は体を起こした。

アンディの体が元の体勢に戻る。額には傷ができており、そこから緑色の血が幾筋か流れている。

しかし、それだけだった。

「見事、女……」

「……っ！」

「しかし地力が足りなかった」

アンディは即座に魔力を纏ったハンマーを振り上げる。

「くっ……！」

地面に着地したリズはそのハンマーの間合いから逃れるために、すぐにバックステップでアンディから距離を取った。

しかしリズの動きに関係なく、アンディのハンマーは地面を叩いた。

そこからリズに向かって、一直線に衝撃波が飛んでいく。

「……っ！」

リズは息を呑んだ。

彼女の背後には校舎がある。ここで自分が衝撃波をかわせば、衝撃波が校舎を襲うだろう。

「はあぁぁぁぁっ！」

リズは無理やり足を止め、その場に大きな魔術の土の壁を作る。

防御魔法で衝撃波を受け止めて、学友たちに被害が出ないようにしたのだ。

「無駄だ」

しかし、アンディがそう言う。

衝撃波が土の壁にぶち当たる。リズの努力も虚しく、土の壁はすぐにひび割れ、ぼろぼろに崩れていく。

「ぐっ！」

「…………」

リズは歯を食いしばるが、その力みは結果には現れず、アンディの衝撃波は土の壁を破壊し、リズの体を巻き込みながら校舎にぶち当たった。

「きゃあああああぁぁぁっ!?」

「うわあああああぁぁぁっ……！」

悲鳴が上がった。衝撃波は校舎を破壊し、壁の一部分に大きな爪痕が刻み込まれる。ロッカーや机などの教室の備品が吹き飛ばされ、宙に舞ってバラバラと地面に落下した。

衝撃波に巻き込まれた生徒たちは大きく傷つき、そのうえ幾人かは校舎の外に弾き飛ばされた。

アイナもまた外に飛ばされた一人だった。

「う、ぐ……」

攻撃の余波に巻き込まれただけで、アイナの体はボロボロになっていた。動くどころか立つことすらできない。

激しい痛みが全身を走る。

しかし、これは大分ましな方であった。

リズが防御魔法を発動して、衝撃波の威力を大きく削いだためだった。もしリズが衝撃波を回避するだけで衝撃波に対してなにもしなかったら、衝撃波の威力が弱まらないまま校舎を叩(たた)き、アイナのクラスの生徒は全員死亡していただろう。

「うう、う……」

朦朧(もうろう)とする意識の中、アイナは顔を上げた。

そして見た。

自分たちはアンディの攻撃を受けてボロボロだ。しかし、視線の先にはもっとボロボロになっている人がいた。

リーズリンデだ。

逃げずに正面から敵の攻撃を受けて立ったリーズリンデの体は、悲惨なことになっていた。

体中が傷つき、ぐったりと倒れ込んでいる。血があらゆる場所から流れ、彼女の綺麗(きれい)な金髪と地面を赤く濡らしている。

「リ、リーズリンデ……?」

「…………」

重傷を負ったらしく、ぐったりと横たわっているため、死んでいるのではないかとアイナはぞっとした。

「リーズ、リーズリンデ……?」

「…………」

アイナの言葉に反応するかのように、リズの指がピクリと動く。そして浅い呼吸を繰り返し、ゆっくりと、本当にゆっくりと動き始めた。

「リーズ、リンデ……」

「…………」

「駄目……。動いちゃ、駄目……」

リズはゆっくりと体を起こす。血まみれの体、誰よりも重い傷を負った体で、彼女はなんとか立ち上がろうとしていた。

その様子を、泣きそうになりながらアイナは見ていた。

アイナや他の生徒たちは、痛みでまだ立てない。

「…………」

リーズリンデは半分意識が途絶えながらもふらふらと立ち上がり、アンディに向き直った。

「……素晴らしい」

「…………」

「お前は勇敢な者だ。疑う余地なく勇者だ」

アンディはハンマーを肩に担ぎながら言った。それまでの余裕たっぷりの態度はなくなり、敬意と警戒心をあらわにしながら、目の前のフラフラな少女に向き合う。しかしいつでも魔法が放てるように、アンディは自分の中の魔力をじっくりと高めていた。

「だからこそ、お前をここで殺さなければならない」

「……っ！」

アンディの言葉にビクリと反応したのはアイナだった。リーズリンデは戦えるような状態ではない。意識は朦朧（もうろう）として、立っているのがやっとの状態だった。

「逃げてっ！　リーズリンデ！　リーズリンデ様っ！　逃げてくださいっ……！」

「………」

アンディが一歩前に踏み出した。それに呼応して、意識が半分途絶えているにも関わらず、リズの体の中の魔力も高まり始める。

「駄目っ！　立ち向かっちゃ駄目っ！　逃げて、リーズリンデ様っ！　逃げて逃げて逃げてっ……！」

泣きそうな声で叫びながら、アイナはリズの方に近づく。膝立ちで、足をひきずりながら、なんとかリズに近づこうとしていた。

「逃げてええええええええぇぇぇぇぇぇぇっ！」

アイナは大きく叫んだ。

――その時。

風に揺られ、ふわりふわりと一枚の布……いや、一着の服らしきものが彼女たちの近くに落ちてきた。

「ん……？」

「ん？」

「…………」

それは何でもない服だった。しかし一瞬の警戒のため、アンディの足が止まる。

先ほどアンディが放った衝撃波によって教室の中の備品が吹き飛ばされていた。机や椅子、ロッカーなども吹き飛ばされて、それらが空高く舞った。

その服はロッカーの中に入っていた体操服だった。ロッカーが吹き飛ばされて、中の体操服が弾き出されたのだ。

他の物が地面に落下する中、その服は衝撃波と風に舞い上げられて、高く高く吹き飛ばされていた。

そして風に乗り、今リズたちの近くに落ちようとしていた。

リズは機敏な動きでその服を掴み取っていた。

立つのもやっと、死にかけの体だったのに、手だけが素早く動いて、頭上に舞っていた服を素早く掴み取ったのだ。

「…………」

アンディは眉間に皺を寄せる。緊迫したこの場面に、冷やかしを入れられたような気分になった。

しかし、リズはそんなつもりではなかった。

リズは、今までで一番の緊張状態にあった。

（こ、これはっ……！）

掴み取った服を目の前で広げて、リズは震えた。

（カイン様の服……いえ、パンツっ……！）

掴んだのは、カインの体操服のパンツだった。

『彼の体操服のパンツがロッカーにしまわれているのは把握しているのですが……』

先ほど教室の中で自分が言った言葉を思い出す。

ロッカーの中の体操服のパンツが、敵の衝撃波によって弾き出され、風に乗ってふわふわとこちらに落ちてきたのだった。

体操服のパンツは下着のパンツとは違い、言い換えればズボンだ。彼の大事な部分と直には接しない。でも、それは確かにパンツとも呼ばれていた。

すっごくドキドキしていた。

彼女は全身から血を流していることなど忘れて、すっごくドキドキしていた。

（え……!?　こ、これはっ！　ど、どうすれば!?　わ、私、どうすれば……!?　いいの

っ⁉　これ、いいのっ……⁉　えっ？　えっ⁉　えっ……⁉）

この場にカインはいない。今は都合良く出払っている。自分を止める者はいない。

リズは奇跡の瞬間が起きたように感じた。

「お、おい……？　お前、どうした……？」

「リ、リーズリンデ様……？」

パンツを凝視しながらわなわなと震えるリズに対し、アンディとアイナは怪訝そうに声を掛ける。しかしリズには、反応するだけの余裕はない。

彼女は今それどころではなかった。

（ダ、ダメですっ……！）

リズの中の自制心が、衝動を抑え込もうとしている。彼女は自分を戒めるように首を振る。

（で、でも、今カイン様いないし……ラッキーな状態だし……）

すぐに邪念が滲み出てくる。

はぁはぁと、彼女の息が荒くなる。

リズの脈拍が速くなっていた。傷口からの出血がさっきより増えるが、そんなことは今の彼女にとってみれば些細な問題だった。

（や、やっぱりダメっ……！）

やっぱりぶんぶんと首を振り、リズは目の前のパンツから目を逸らした。

(私はそんな変態な子じゃないんだっ！　誠実で清廉な貴族の人間なんだっ……！)

そう心の中で叫んで、自分を律する。

(最近の私が少し変なだけなんだっ！　本当の私はこんなんじゃないっ！　カイン様のパンツを見て、興奮するような人じゃないんだっ！)

自分に強く言い聞かせる。

(そうだっ！　私はそんな人間じゃないっ！　私は変態なんかじゃないんだっ……！)

そう考えて、リズは手に持ったパンツを捨てようとした。

『別にいいじゃねえか、変態でも』

その刹那、頭の中をそんな言葉がよぎる。

リズの動きがピタッと止まった。

それは少し前、体育倉庫に閉じ込められた時にカインに言われた言葉だった。それをただ、頭の中で思い出した。

『俺は今のお前の方が少し心配だよ。お前のその情念が高ぶって、どうしようもなくなって、コントロールできなくなったら……そしたらまたお前は辛い思いをするんじゃねえかって』

「…………」

『でも、いいんだ。お前はもっと、自分に素直になっていい』

「…………」

カインの言葉がどんどん頭の中に浮かんでくる。

少し、涙が出そうになる。そこには身に覚えのない心配の言葉もあった。

でもなぜだろう。記憶にないはずの感情が、カインの言葉によって温められたようになった。

彼の言葉を思い出して、ただ胸の内が熱くなる。

『いいんだよ、欲望に流されても、淫乱でも、卑猥でも、変態でも……お前は素の自分を出していいんだ。自分に素直になっていい。誰かに何か言われても、鼻で笑ってやれ』

「…………」

『そうしてたら、きっといつか、誰か素のお前を受け止めてくれる奴がいるさ』

記憶にない言葉までもが頭の中に蘇る。彼の言葉の一つ一つに救われた。彼の言葉に抱きしめられ、頭を撫でられた。

そして、この言葉を言った彼が一番素の自分を受け止めてくれた。

彼は自分の世界で一番大切な人となった。

『お前はもっと自分を肯定してやれ、リズ』

そう言って彼は笑った。昔も、少し前も、同じように……。

思い出して、魂が震えた。

「………」

リズは手に持っているパンツに目をやった。それを見るだけで、自分が一番したいこと、自分が欲している情念が胸の内で燃え上がる。

彼女は自分に素直になった。

ぺたんと地面に座り込み、パンツを両手で持ち、それを広げる。

「………」

そして自分の口と鼻に、大切な人の大事なものを近づけた。

「くんかくんかくんかすーはーすーはーすーはーすーはーっ！　くんかくんか！すーはーすーはーっ！　くんかくんかすーはーすーはーくんかくんかすーはーくんか！ふしゅううぅぅぅぅぅっ……、くんかくんかくんかくんかすーはーすーはーすーはーすーはーくんかくんかすーはーすーはーっ……！」

――彼女はカインのパンツで自分に素直になった。

「くんかくんかすーはーすーはーくんかくんかすーはーすーはーっ！　くんかくんかすーはーすーはー……！　ふぃぃぃいいいいいっ……！　くんかくんかすーはーすーはーっ！」

「なっ……？」

「くんかくんかすーはーすーはーっ！」

リズはカインのパンツを口と鼻に押し当て、蹲って思いっきり呼吸をしていた。その様子を見て、アンディとアイナはぎょっとした。

意味が分からず、その姿に恐怖さえ覚えた。

「お、お前……？　い、一体何をしている……？」

「くんかくんかすーはーすーはーっ！　くんかくんかすーはーすーはー……！」

「こ、答えろっ……！　一体何をしている……！」

魔王軍幹部アンディの言葉には一切反応しないで、リズは忙しそうにひたすら呼吸をしていた。

正体不明の恐怖に出会い、魔王軍幹部は息を呑んだ。

彼はリズの背中に迫り、手に持つ大きなハンマーを振り上げた。

「くんかくんかすーはーすーはーくんかすーはーくんかすーはー……！　ふうううぅぅぅしゅううぅぅぅぅ……！　くんかくんかくんかくんかくんかすーはーすーはーすーはーすーはーくんかくんかくんかすーはーすーはーすーはーっ……！」

「お前は何をしているんだあああぁぁぁぁっ……！」

「リ、リーズリンデ様っ！　危ないいいぃぃぃぃぃっ……!?」

アンディはそのハンマーをリズに向かって振り下ろし、アイナは大きな叫び声を上げて警告を発した。

ふと、リズが振り返る。

まるで教室の中で友達に呼びかけられたかのように自然に、ゆったりと動いた。

緊張もしていなかった。巨大なハンマーが迫りくる中、この戦場が日常であるかのように、何でもないように彼女は振り返った。

リズが指をくるりと回す。

彼女の指から膨大な魔力が溢れ出た。

「なっ⁉」

「えっ……⁉」

突如として現れたのは、巨大な氷の壁であった。

分厚く、とてつもない量の魔力が込められており、その氷の壁はアンディの巨大ハンマーを易々と防いだ。

ハンマーと氷がぶつかり合う高く激しい音が響き渡ったが、氷の壁には傷一つついていなかった。

「こ、これはっ⁉」

「………」

アンディは目を見開く。

自分のハンマーが正面から防がれるのはあまり経験のないことだった。

「ふいいいぃぃぃぃ……」

少女が口に当てていたパンツを離し、ゆっくりと立ち上がった。

それまで意識を保っていたのもやっとだったはずの彼女は、怪我(けが)もなにもないかの如く悠々と立ち上がり、軽く首を回す。

彼女の傷が塞がっている。体の内側からの魔力が、自然と彼女の体を癒やしていた。出血は止まり、折れた骨がくっついていく。彼女はふぅと一つ深呼吸をした。

「初めまして、魔王軍幹部アンディ様」

「…………」

少女がにやりと笑う。

魔王軍幹部の額から汗がつうと垂れる。

「私がリズです」

「…………」

少女は堂々と敵の前に立つ。そこにはそれまでのような緊張も恐怖も、挑戦者のような気概も感じられない。

むしろ、少女は王者であった。

アンディは一歩二歩とあとずさる。一変した彼女の気配に不気味なものを感じ、心臓をバクバクさせた。

今、狩る者と狩られる者の立場が逆転した。

「私は戻ってきた……」

少女は両手の拳をぐっと握り、それをじっと眺めた。自分の中の力の巡りをよく確かめている。

そして、顔を上げた。

「今再び、魂が震えたっ！」

勇者パーティー元ナンバー2、リーズリンデ。

勇者のサキュバスが、再び目覚めた。

第26話　【現在】そしてまた、お休みなさい

「お、お前は……」

「………」

「お前は、一体……？」

魔王軍幹部アンディは額から汗を流していた。

つい今の今まで、自分はこの場で最強の存在であった。ここにいた十名の教師を軽く蹴散らし、場を支配する側だった。

しかしその状況は一変した。

目の前の少女の雰囲気が変わった。

それまでのお淑（しと）やかな様子が、今は妖しく、鋭くなっている。

アンディは、自分の前に立ち塞がる少女リズを見て、息を呑（の）んだ。

彼女の体の中には、どこまでも深く濃い魔の力が宿っていた。

「さぁ、アンディ様？」

「………」

「私と踊ってくださいますか？」

それまでただの少女だった女が、不気味に笑う。

「あなたが地べたに這いつくばるまで」

「……っ！」

自分の体よりも三回りも四回りも小さな少女を前に、魔王軍幹部アンディの巨体が震える。

巨大な化け物の頭の中で、警鐘がガンガンと鳴り響いていた。

ただ者じゃない、気を抜けば殺される。

「お前は一体何者だあああぁぁぁっ……！」

アンディはリズに向かってハンマーを振り下ろす。

それまでの余裕のある攻撃ではない。全力の攻撃であり、その一振りだけで校庭の半分が衝撃波で埋め尽くされた。

校舎の中でその攻撃を見ていた者たちはぞっとした。あんな広範囲の攻撃、絶対に避けられるはずがない。攻撃を受けたリーズリンデとその近くにいたアイナは、死んでしまったのではないか。

学園の生徒たちは青ざめながらその様子を見ていた。

しかし、アンディの表情は引き攣ったままであり、彼は上空を見上げた。観戦者たちも彼の視線を追い、上を見た。

「ふふふ……」

リズが上空を飛んでいた。

背中には小さな黒い羽が生えている。およそ人の体を浮かせられるような大きさの羽ではなかったけれど、その羽に魔法の力が宿っているのは明らかだった。

小さな黒い羽が生えた彼女の姿を見て、大勢の人が小悪魔を連想した。

「……うわぁっ⁉　えっ⁉　な、なにこれっ⁉　と、飛んでるっ……⁉」

やや遅れて、自分の状況を把握して驚きの声を発したのは、アイナだった。

彼女はリズに抱えられ、一緒に空を飛ぶことでアンディの攻撃から逃れていた。

「アイナ様。もう大丈夫ですよ」

「えっ⁉　わっ……⁉　リ、リーズリンデ、様⁉　こ、これは一体⁉」

「後は私があなたを守りますので」

現状がうまく呑(の)み込めず慌てるアイナを、あやすようにリズが微笑(ほほえ)む。

「………」

見るものを安心させるような穏やかな笑顔に、アイナは少し頬を染めた。

「さぁっ、久しぶりの戦闘開始です」

「ぐ、ぬうぅぅぅ……！」

リズの言葉に、アンディは小さく唸(うな)る。

勇者パーティー元ナンバー2、リーズリンデ。彼女の戦いが幕を開けた。

「……来い！　謎の女っ！」

「行きますっ！」

その言葉とともに、リズは超スピードでアンディに迫った。

空中から一直線、弾丸のようなスピードでリズはアンディに突撃した。普通の敵だったら何が起きたのかわからないままリズの体当たりを食らい、吹き飛ばされてしまうほどの速さであった。

「舐めるなぁっ……！」

しかし、アンディは反応した。

リズの超スピードの突進に辛うじて反応して、カウンターのようにハンマーを振るった。突撃してくる彼女の体に上手くハンマーを合わせ、彼女の体を思いっきり叩いた。

やった！　ジャストミート！　とアンディは思った。

しかし、すぐに違和感に気付く。

「ん？」

叩いた瞬間、リズの体が白く光った。

「くそっ……!?」

その瞬間、リズの体が爆発した。十メートルも爆炎が巻き上がる巨大な爆発だった。当然、アンディもその爆発に巻き込まれる。

「くそっ!?　分身爆弾かっ……!?」

爆炎の中でもがきながら、アンディはそう口にする。

先ほどのリズの体は分身の術で作ったものであり、しかも衝撃が加わると大爆発を起こす分身であった。

アンディはハンマーを大きく振り、爆炎と煙を吹き飛ばす。

体を多少焦がしながらもやっと視界が晴れ、そしてまた異変に気付く。

「ぐっ……!?」

「ふふふ……」

空中にはリズが十人も二十人も浮いていた。一人以外は全て幻術、または分身。幻術のリズがアンディを囲むようにして宙を舞っていた。

しかもリズが抱えていたアイナの姿がない。アンディが分身の相手をしている間に、リズは彼女を校庭の木の陰に隠していた。

「うふふ、今のうちに……」

大量の分身と幻術の中の、そのうちの一人が奇妙な行動に出た。

手に持っていた勇者カインの体操服のパンツを自分のスカートの内側にしまい込んで、魔法によってくっつけていた。魔力の性質を粘着性のあるものに変え、それでカインのパンツをスカートの内側に貼り付けたのだ。

リズは恍惚の笑みを浮かべた。

「ふふふ……、カイン様のパンツが私のスカートの中に……。これはもうセッ○スと言っても過言ではありませんね……♡」

「何をわけのわからないことを言っているーっ！」

アンディはリズの狂気に恐怖しながら、その彼女に向かって魔法を放つ。しかし、空中を高速で移動できるリズはその魔法を簡単にひょいとかわす。

「そーれ！」

「くそおおおぉぉぉぉっ……！」

幻術による複数のリズが、一斉に魔術を放つ。

アンディの周り四方八方から魔術が襲いかかる。彼はハンマーを振るってその魔術を叩き潰そうとするが、そのほとんど全てが幻術で、彼のハンマーは虚しく空を切った。

「ふふふ、こっちですよ」

「……ッ！」

幻術の相手に気を取られ、アンディはリズに頭上を取られた。

その瞬間、彼に雷が落ちた。彼の大きな体をすっぽり覆いつくしてしまうほど太く激しい雷が彼に降り注ぐ。

「ぐおおおぉぉぉぉおっ……!?」

体が焦げるほど激しい衝撃がアンディに襲いかかる。

やがて電撃は収まり、彼はよろけて膝を突きそうになる。

「ふふふ、ド淫乱でエッチな雷の魔術が落ちてしまいましたね……」

「………」

アンディの真上にふわりと浮かびながら、リズは腰に手を当てて自慢げにそう言った。

アンディはキッと鋭い目で、上空にいるリズを確認した。

「舐(な)めるなあぁあっ！　魔女めええぇぇっ……！」

アンディはハンマーを振り、お返しとばかりに雷の魔術をリズに返した。

彼の真上にいるリズはまともに電撃の攻撃を浴び、全身を黒く焦がす。

そして、爆発した。

「くそがあぁっ！　これも分身かああぁぁっ……！」

今アンディが攻撃したリズも、先ほどと同様分身爆弾だった。爆発の衝撃はアンディにも届き、彼は地面に片膝を突いた。

その分身は、ついさっき自分に雷の魔法を落とした。

つまり、分身も自由に魔術を放つことができるのだ……。

アンディはぞっとする。

しかし、ぞっとしているままではいられない。

空中でアンディを取り囲んでいる幻術の分身のうち、一人のリズが片手を高く上げた。

そして、凛とした声で言った。

「全員、突撃」

四方八方にいた大量のリズが、弾丸のようなスピードでアンディに襲いかかってきた。

「くっそ……!?」

アンディには容易に想像がついた。あれらの全てが分身爆弾であり、自分のすぐ近くで一気に爆ぜるつもりなのだ、と。

「くそおおおぉぉぉっ！」

アンディはその巨体には似つかわしくないスピードで動き、その分身の突撃をかわそうと動いた。高速で飛び退きながら大きな土の壁を張り、分身爆弾の突撃を防ごうとした。

「でも、無駄ですよ?」

大量のリズがくすりと笑った。

分身爆弾は一直線に動くだけではない。アンディが飛び退けばその進路を変え、そして土の壁を避けるように動いて、たくさんのリズはアンディに肉薄した。

「ちくしょおおおぉぉぉっ……！」

たくさんのリズが、爆ぜた。

学園の校庭で、連続して爆発音が鳴り響く。ドオン、ドオン、ドオンと何発も爆炎が巻き起こり、アンディの体を激しく焼いた。

何度も何度も爆発が起こり、やがて止む。

音も爆発も収まったが、その中心は悲惨だった。校庭は広く深く抉(えぐ)れ、黒く焼け焦げている。地面はひび割れ、爆発の激しさをその光景が物語っていた。

そして、その中心にボロボロのアンディがいた。

皮膚の多くが黒く焼け焦げて、荒い呼吸を繰り返している。両膝と片手を地面に突き、ハンマーを杖(つえ)の代わりにして何とか倒れないよう、体勢を保っていた。

しかし闘志は衰えていない。

目は血走り、リズを激しい怒りとともに睨(にら)みつけていた。

「なるほど……タフ。魔王軍幹部だけあって、あなたタフですね……」

「…………」

「これだけの攻撃を受けて倒れないとは、なるほど……尊敬に値します……」

リズが言い、アンディはゆっくりと立ち上がった。先ほどまでとは立場も何もかも逆転していた。

「……殺す」

「では、私も奥義をお見せしましょう」

「……？」

リズが自分の拳を強く握った。

「……絶対に耐えることのできない攻撃というのを、ご存じですか？」

「……？」

リズの握った拳に魔力が宿っていく。ゆっくりゆっくり時間をかけながら、とても不気味で濃度の高い魔力がリズの手に集まっていく。

「これからあなたに放つのは、耐久不能の一撃です。これをまともに浴びてしまったら、勇者カイン様だって耐えることができない攻撃です」

「………」

「この一撃で、戦いを終わらせることを宣言いたします」

リズはもう片方の拳も握る。その手にも強力な魔力が徐々に宿っていく。

「馬鹿にするなあああぁぁぁっ……！」

アンディはハンマーを地面に叩きつける。すると地面から土の棘が出現し、それがリズに襲いかかる。

「ふんっ……」

しかしリズはそれに対応する。彼女は拳で地面を叩き、敵と同じようにして土の棘を出現させる。

土の棘はぶつかり合い、交錯するが、リズの土の棘がアンディのを突き破り、そしてそのままアンディに襲いかかった。

「ぐおおぉっ……！」

土の棘に刺され、彼の体が傷つく。皮膚が裂け、緑色の血が漏れる。

「油断はしません。私の全霊をもって、あなたに敗北を授けましょう」

「……っ！」

リズの手に宿った不気味な魔力は消えていない。今の土の棘は奥義でも何でもない。

リズはゆっくりとアンディに向かって歩を進めた。

「ぐっ！」

「…………」

「ぐうぅぅっ……！」

プレッシャーが歩いてくる。

目の前にいるのはただの少女なのに、人の恐怖の象徴である魔王軍幹部アンディは、胸の内に恐怖を膨らませていた。

汗が垂れる。自然に歯を食いしばってしまう。全身が強張る。

彼女の両の拳には不気味なほど強大な魔力が込められている。その魔力の色は深く濃くて、どんな魔法が放たれるのか想像もつかない。

「ぐぐぐぐっ……！」

少女は一歩一歩近づいてくる。

その存在は重圧そのものだった。

「くそおおぉぉぉぉっ……！」

そして、少女から逃れるようにアンディはばっと走りだした。彼は自分の体の側面をリズに晒しながら、一生懸命走った。それは見る人にとっては、無様な逃走のようにも見えた。

しかし、それはただの逃げではなかった。

「……え？」

そう呟いたのは、木の陰に隠れているアイナであった。

アンディはただリズの元から逃げたのではなく、隠れているアイナの方に向かって走ってきた。

ハンマーを振り上げ、そこに多量の魔力を込めながらアンディはアイナに迫る。

「うおおおおぉぉぉぉっ！」

「きゃ、きゃああああぁぁぁぁっ……!?」

アンディは獰猛な雄たけびを上げ、アイナは悲鳴を上げた。アンディは狙いをアイナに変更したのだ。

彼は十分アイナに近づき、すぐさまハンマーを振り下ろす。突然狙われたアイナはただ悲鳴を上げながら、ぎゅっと身を縮めることしかできなかった。

「……させません！」

もう少しでアイナの体はハンマーに押し潰されるというところで、リズが間に割って入った。

アンディはかかった、と思い、ニヤッと笑った。

彼の狙いはこれだった。

学校の生徒を狙えば、この敵はそいつを庇うだろう。そして友を庇うために急いで身を滑り込ませたなら、いかにこの魔女といえど防御の魔法を放つ暇はない。

ほとんど無防備な状態で、自分の渾身の一撃を受けなければならない。

そうすれば、防御の暇のないこの魔女は潰れて死ぬだろう。

アンディはそう思った。

今まさにハンマーがリズに迫っている。数瞬後、このハンマーはリズの体を押し潰すだろう。リズには魔法を放つ余裕はない。

状況はアンディが望んだ通りのものだった。

「……無駄」

しかし、リズは短くそう呟いた。

リズは右手を振り上げた。手の甲を上にして、まっすぐ上に腕を振り上げる。ただそれだけのことをした。

アンディのハンマーとリズの手の甲がぶつかる。

ギイィンと鉄と鉄がぶつかり合うような固く重い音がする。衝突の衝撃が風となり、ぶわっと木の葉を揺らした。

「え……？」

「…………」

アンディは手ごたえに違和感を覚えた。

その直後、ハンマーが砕けた。

「…………」

「…………」

アンディのハンマーはリズの手の甲によって砕かれた。

大きな金属の塊は小さな破片へと変貌した。大きなハンマーは砕かれ、その残骸がばらばらと宙を舞い、無残な姿を晒していく。

アンディは訳が分からず呆然とした。

何が起こったのか、意味が分からなかった。

「これはただの身体強化の魔法……」

「………」

「別に何でもない、ただの身体強化の魔法です」

リズがアンディのハンマーを砕くことができたのは、ただ単純に自分の拳を固くしたからであった。

リズは防御魔法で敵の攻撃を防ごうとしたのではなく、自分の体を強化することで敵の攻撃を防いだ。

しかしそれでもアンディの理解は追いつかない。

自分の武器をただの拳に破壊され、呆然としていた。

「ご安心ください。今のは奥義ではありません」

「………」

「奥義は、これから……」

リズの不気味で濃い魔力はまだ彼女の拳に宿っている。彼女の言う耐久不能の奥義の発動は、これからであった。

彼女の拳の魔力が一気に高まっていく。より濃く、より深く、彼女の拳の周りでゆらゆらと揺らめいていた。

アンディには大きな隙ができていた。自分の武器が少女の拳によって破壊され、動揺を隠せないでいた。

「はっ！」

リズは両の拳を同時に突き出して、隙だらけの巨体の腹を殴った。

「…………」

ぼよんと垂れたアンディの腹に、リズの拳が埋まる。

その拳自体には大して威力はなかった。アンディは突き飛ばされることもなく、怯むこともなく、ただその場で立ち竦んだ。

しかし、すぐに異変が起こる。

リズの両の拳に宿っていた不気味な魔力が、彼の体の中に染み込んでいく。

「……え？」

「…………」

どくんと、アンディの体の中が震えた。体が内側から震えた。

戦士にとって、痛みとは克服するべきものである。

戦場にはあらゆる痛みがはびこっている。打撲、裂傷、圧迫、火傷、電撃……、戦士はそれらの痛みに耐えなければならない。

痛みで怯むことは、戦いの最中で致命的な隙となる。腕に傷を負って、その痛みで動けなくなり、その隙に命を取られてしまってはどうしようもない。

だから戦士たちは痛みに対する耐性を得るため、日々自分の体を苛め抜く。痛みに屈しない体を手に入れようと、日々努力を重ねる。

あらゆる苦痛、刺激に負けないよう、鍛錬を積み重ねていた。

しかし普通の戦士たちが完全に度外視している刺激がある。

それは快楽だ。

快楽に対する耐性を得ようという戦士は、まずいない。快楽は自分を幸せにするため、わざわざ防御する必要はない。そんなことは当然であった。

快楽に溺(おぼ)れようとする自分を戒めるのは、修行僧くらいのものである。しかし、そんな彼らでさえも自分の中の煩悩(ぼんのう)を制御しきることは、とても困難である。

だから、ほとんど誰も快楽を防ぎきることなどできない。

快楽はたくさんたくさん欲しいものだからだ。

「だから、この拳は一撃必殺……」

リズは言う。

その瞬間、アンディの体の中で強烈な刺激が暴れ出した。リズの拳に宿った魔力がアンディの体の中を這(は)いずり回り、強烈な快楽となって全身を駆け抜ける。

快楽、悦楽、享楽、逸楽、幸福感、愉悦、愉楽、満悦、快感、恍惚(こうこつ)、歓喜、狂喜、驚喜、多幸感……。

幸せな刺激がアンディの体の中で満たされ、彼の全てを支配した。

「淫魔最大奥義っ……！」

リズは叫んだ。

「絶対☆快楽拳っ！」

「ぬ゛お゛お゛お゛お゛おおおおおおおおぉぉぉぉぉぉぉぉぉっ……!?」

ビクンと彼の巨体がのけぞり、そしてそのまま白目をむく。

リズの技の名乗りとともに、アンディの体はより一層大きく震えた。

駆け回るのは、誰にもどうすることもできないほどの強過ぎる快楽。それは彼の体と意識を完全に支配した。もはや彼の体の内側は彼のものではない。

大き過ぎる快楽の刺激に彼の意識は耐えることができず、そのまま彼は意識を失った。

ずんと巨体が後ろに倒れる。どんな攻撃も耐えてきた彼の巨体が倒れ伏し、初めて地に背中が付いた。

「…………」

「…………？」

校舎で見ている生徒たちにも、すぐ傍で震えていたアイナにも何が起こったのか分からない。

しかしアンディは倒れ、リズは両足でしっかりと立っているという事実だけが目の前に広がっていた。

リズは魔法の鎖を作り出し、気絶したアンディの体を拘束する。

そして、片手を天高く突き上げた。

リズの完全勝利であった。

「わあああああぁぁぁぁぁぁっ！」

「リーズリンデ様がっ！　リーズリンデ様が勝ったあああぁぁぁぁぁぁっ……！」

「うおおおおおぉぉぉぉぉぉっ……！」

学園中から歓声が湧き上がる。

魔王軍の襲来という最大の恐怖から解放され、皆が歓喜に体を震わせていた。

学園中の至る所で喜びの声が広がる中、尻餅をついてぺたんと座り込んでいるアイナの元にリズが近づく。

「さ、これで終わりです、アイナ様。よく頑張りましたね」

「…………」

「立てますか？　手をお貸ししましょうか？」

リズは自分の金色の髪を軽く払い、座り込むアイナに手を差し出した。

「…………」

アイナは呆然(ぼうぜん)としている。

この数十分間、一体何が起こっているのか分からなかった。魔王軍の襲来、リーズリンデの変貌、高度で速過ぎる戦い、最後の決まり手……。

アイナには何も分からず、唖然（あぜん）としながらリズを見上げるだけだった。

そんな彼女に対し、リズはにこりと微笑（ほほえ）んだ。

「……っ！」

アイナの頬が赤く染まる。

分からないことだらけのこの戦い。しかし絶対に揺らぐことのない事実を、彼女は理解していた。

自分はリズに救われたということだ。

「お……」

「ん……？」

「お姉さまっ！」

アイナは目を輝かせながら、そう言った。

リズの手を取って立ち上がり、そしてアイナはリズの腕にしがみ付いた。

「お姉さまっ！　お姉さまっ！　私の命を守ってくださって深く感謝します！　この御恩、一生忘れませんっ……！」

「ふふふ、大袈裟（おおげさ）ですね。この程度の事なんでもないですよ？」

「お姉さまぁっ……！」

自分にしがみ付いてくるアイナを受け入れ、リズはそっと彼女の頭を撫でた。

アイナの表情がうっとりと恍惚の笑みに染まる。

「私、一生お姉さまに付いていきます！」

「ふふふ、可愛い人。今度私の手作りクッキーでも食べますか？」

「いいんですかぁっ!?」

アイナの顔がぱあぁっと喜びで輝く。強く逞しくかっこいいお姉さまとお茶をする約束ができるとは、なんて幸せなんだろうと思った。

手作りのクッキーに何が入っているかなんて、知る由もない。

「お姉さまに対する今までの数々の無礼、お許しください！　なんでもします！　なんでもしますからぁっ……！」

「ん？　今なんでもするって言いました？」

「喜んでさせていただきますっ！　どんなふうにでも償います……！」

二人が今考えていることには、大きな隔たりがあった。

「ふふふ、いい子いい子」

「お姉さまぁっ……！」

リズはアイナの頭を撫でる。

自分の理解が及ばないほど凄まじい戦いを眼前で見せられ、命を救われ、アイナの心はリズに釘付けとなっていた。

ただひたすら熱い視線がアイナから注がれる。そしてそれを、リズは正面から受け止めていた。

「リズっ……！」

「あれ？」

その時、男性の大きな声がした。

聞き慣れた男性の声。それとその仲間たちがリズに近寄ってきた。

「カイン様……お帰りなさい……」

勇者カインたちが学園に戻ってきたのだった。

「早かったですね。もう二、三日かかるものと思っていたのですが？」

「あぁ、陽動だって気が付いてな。一瞬であっちの問題片づけて、急いで戻ってきた」

「なんだ。じゃあ私が頑張る必要なかったじゃないですか」

「ん？　リズ、お前……？」

カインはリズの様子に違和感を覚え、彼女の顔を覗き込む。アイナはリズとカインの会話を邪魔しないように、しがみ付いていた腕を離して二、三歩下がった。

「あぁっ……!?　これは、絶対☆快楽拳っ!?」

「な、なんだとっ……!?」

倒れているアンディの様子を調べていたメルヴィとシルファが、驚きの声を上げる。

『絶対☆快楽拳』によって敵がやられている。それはつまりリズが力を取り戻したことにほかならなかった。

「リズ……お前、記憶が戻ったのか？」

「カイン様、一年分のパンツください」

「くそっ！　記憶戻ってやがる……！」

カインたちは彼女の一言で、今のリズの状態を正確に把握した。今までの固い絆によるものだった。

「おいリズっ、お前……」

「あ……」

「えっ？」

驚きながらも現状を正確に把握するために、カインはリズに質問を投げかけようとした。しかしその前にリズの体がぐらついて、カインの胸にもたれかかる。

「お、おいっ！　リズ!?　大丈夫か!?」

リズの体はぐったりとして、倒れそうになっていた。

「………」

カインはリズの体を受け止めて、優しく支える。リズはうつらうつらとしていて、まるで眠そうにしている子供のようであった。

「すみません、カイン様。戻った……、取り戻したまでは良かったのですが……」

「…………」

「あいつを倒すのに結構力が要りまして……」

リズは弱々しい声でゆっくりと喋る。

「また眠ってしまいそうです……」

「…………」

「まだまだ本調子じゃないようです、私……」

リズは力と記憶を取り戻した。

しかし敵を打ち倒すために大きな力が必要で、取り戻した力と記憶は、リズの奥深くでまた眠りについてしまいそうであった。

「そうか……」

「……すみません」

「いいから ゆっくり休め。まだ寝足りねえんだよ、お前は」

カインはリズの髪を撫でながら、そう言う。何も心配はいらないぞ、と言うかのようだった。

「……起きたら、またゆっくりお話ししましょうね？」

「あぁ、またな」

「はい、また……」

二人は微笑んだ。一年前の別れの時とは違う、穏やかな笑顔だった。

「次起きたら……、『ドキドキ身分に差のある学園生の禁断エッチごっこ』プレイがしたいです……」

「はよ寝ろ、ドアホ」

「やん♡　辛辣……♡」

そう言って、リズはカインに抱かれながら眠りについた。

時間にしたらたった数十秒であったが、リズはカインの胸に顔を埋め、すぅすぅと寝息を立てた。

自分の大事な女性が自分の腕に抱かれて眠っている。その一時はとても穏やかで、何物にも代えがたいようにカインは思った。

いや、カインだけではない。その二人の様子を見ている彼らの仲間たちも、そんな風に思っていた。

「……ふぁあぁぁぁ。……あ、あれ？　カイン様……？」

そしてすぐにリズは目を覚ました。

眠そうな目をこすり、今の状況が呑み込めないかのように、きょろきょろと周りを見回す。

「……っ！　そ、そうだ！　カイン様っ！　大変です、大変なんですっ！　学園に魔王軍の幹部が現れたんですっ……！」

「…………」

「先生たちでも太刀打ちできなくて、凄いピンチなんです！　カイン様っ！　どうかお助けくださいっ……！」

本当に慌てながら、リズはそう叫んでいた。

彼女は、自分が敵を倒したことを完全に忘れていた。カインたちは苦笑いする。

「リズ……おい、リズ」

「……はい？」

「敵はもう倒れたから」

慌てるリズを落ち着かせるためにカインは言い聞かせる。

リズはカインに抱かれながら、ゆっくりと後ろを振り返って、倒れているアンディの姿を見た。

「え……？　えぇぇっ!?　カ、カイン様がやっつけたんですか!?」

「俺じゃねえよ」

「ええぇっ⁉　じゃあ一体誰が……って、わあああぁぁあっ⁉　私なんでカイン様に抱き締められているんですか⁉」

「今頃かよ」

リズが顔を真っ赤にしながら目をぐるぐると回す。

何が起こったのか分からず、どうしてこんなにいい目を見ることができるのか分からず、恥ずかしさと心地よさで彼女の体がぐんぐんと熱くなっていった。

「私が眠っている間に、何があったんですかーっ……⁉」

そうしてリズは戸惑いの大声を発する。

また何もかもが元通りになった。

太陽に照らされる穏やかな日のことであった。

第27話　【現在】恐るべき淫魔流治療魔法！

「はい、じゃあ次の方ー！」

学園の体育館の中に、メルヴィ様の声が響き渡る。

その声の元に一人の怪我人がやってくる。足を痛めているようで、友達に肩を借りながらゆっくりと歩いている。

つい先ほど、学園に魔王軍幹部が侵入し、暴れ回るという事件が発生した。

幸い死者は出なかったものの、そのせいで校舎の一部が壊れ、百人近い人が負傷してしまった。

それで、この体育館には怪我人が集められている。

メルヴィ様は強力な治療魔法の使い手であるため、怪我をした人たちの治療にあたっていた。

もちろん他にも治療魔法を扱える人がいるので、手分けしてメルヴィ様を手伝い、軽い怪我を引き受けたりしている。

その中で一人、不満を顕わにする人がいる。

「なーんで私が手伝いの方なんですかぁっ⁉」

私だ。

働きながら文句を垂れるのは、魔王軍幹部との戦いにめっちゃ巻き込まれていた私である。

「リズさーん！　右の方に治療魔法施しておいてくださーい！」

「いや、おかしいですよね⁉　私は怪我人の方じゃないんですか⁉　治療していただけず、お手伝いしなきゃいけないんですか……⁉」

魔王軍幹部の化け物が学園を襲い、途中から記憶がなくなっているものの、確か私も酷いダメージを負って、全身がボロボロになっていたはずだった。

なのになぜ、私は手伝いの方に回されるのだろうか……⁉

「だってリズさん、怪我してないじゃないですか」

「そ、それは自分でもよく分かってなくて……⁉　おかしいなぁ⁉　結構重傷だったと思うんですが⁉」

私は戦いの途中で意識が途絶えている。

目が覚めると目の前にはカイン様がいて、魔王軍幹部アンディは倒れ伏しており、なぜか私の体の傷は完全に治っていた。

「力が戻った時に、自己治癒の魔法が働いたのでしょう？」

「いや、ほんと……全然身に覚えがなくて……。あれー？　私の傷、どこにいったんですか？」

あははと、メルヴィ様が困ったように笑う。

とにかく、なぜか怪我のない私は横になって休むことが許されず、治療する側に参加させられているのだった。

なんか損した気分っ！

「リズお姉さま〜〜〜っ！」

そんな時、私の元に駆け寄ってくる一人の少女がいた。体には包帯が巻かれ、ピンク色の髪を揺らしている。

「リズお姉さま、何か私にもお手伝いできることはありますか!?」

「アイナ様……」

それはアイナ様だった。私にすがりつくようにして、従順なわんこのような目で私を見つめている。

昨日まで……というより今日の今日まで敵視され、避けられている節があったというのに……、いきなりどうしたというのだろうか？

「あー……、アイナ様？　アイナ様は怪我なさっているのですから、ゆっくり休まれるほうがいいですよ？」

「いえ！　お姉さまが働いているというのに、私がおめおめ休んでいるわけにはいきません っ！　お姉さま！　何か私にお手伝いをさせて……げっほぐえっほ……！」

「吐血っ……！」

アイナ様は血を吐いた。

彼女の体には痛々しく包帯が巻かれている。魔王軍幹部の攻撃で校舎が半壊したとき、それにアイナ様は巻き込まれていたのだ。

いいから休んどけって。

「……なに？　媚び女が今度はリズに媚び始めたのかしら？」

「これは媚びじゃありません！　レイチェル様っ！」

私たちの様子を呆れ顔で見ながら、レイチェル様がそう呟いた。その言葉をアイナ様は即座に否定する。

「私はお姉さまに命を救われたんです……！　あの時のリズお姉さまの戦いっぷり、もう目に焼き付いて離れません！　私は命を助けていただいたご恩を、お姉さまにお返しするんです！　一生お姉さまに付いていきます！」

「お、おう……」

アイナ様の熱に押され、私はたじろぐ。

どうやら皆の話によると、魔王軍幹部アンディを撃退したのは私らしいのだ。

しかし私はその時のことを覚えていない。凄まじい魔術を打ちまくって魔王軍幹部を追い詰めた、と皆は言うのだが、その時の記憶がまるでない。

うむむ……？　一体私に何が起こったというのか？　まるで心当たりがない。

皆が口を揃えて私に嘘を言っているんじゃないかと、ちょっと疑っているぐらいだ。

「お姉さま！　私に何かお手伝いできることはありますか⁉」

「え、えぇっと……」

だから、アイナ様に突然尊敬されても私には身に覚えのないことで、このキラキラした目が少しこそばゆかった。

「メルヴィよ……、リズがまた女性を魅了させているぞ……？」

「そうですね、シルファさん……。さすがはリズさん。最強の女たらしですね」

「あの分では、お持ち帰りも遠くないか」

「聞こえてますよー？　シルファ様ー？　メルヴィ様ー？」

顔を寄せ合ってひそひそ話をするシルファ様とメルヴィ様に声を掛ける。

誰が女たらしじゃい、誰が。

「メルヴィ様ーっ！　こちらの方お願いしますー！」

「あ、はーい！　すみません、リズさん。ここはお任せしてもいいですか？」

「はい、分かりましたー」

メルヴィ様が別の場所に呼ばれ、私は今来た方を担当することになった。

「……って、サティナ様とルナ様、アデライナ様？」

「あ、リズ様っす！」

「リズ様、お疲れさまですわ」

「リズ、お前なにパシらされてるん？」

「パシらされてないです」

やってきたのは、私が学園でいつも仲良くさせていただいているサティナ様とルナ様とアデライナ様だった。ルナ様とアデライナ様がサティナ様に肩を貸し、サティナ様が足を引き摺（ず）るようにしてここにやって来た。

「リズ様、さっきは凄（すご）かったっすね！　リズ様があんな力を隠していたなんて知らなかったっすよ！」

「あはは……、サティナ様。私にも何が何だか。その時のこと、まるで覚えていないんですよねぇ……」

「記憶を失ったのかしら？」

「自分の内に潜むもう一人の別人格が現れたとか、そういうやつっすか!?」

ルナ様もサティナ様も目を丸くする。

「中二病やん」

「中二病じゃないです、アデライナ様」

記憶を飛ばした人を一括り（ひとくくり）に中二病にしないでほしい。

しかし、別人格……。なるほど、別人格。それが出ている時は、私自身も知らない力が発揮され、記憶も残らないということなのだろうか。

もしかして私、二重人格……？

「別人格……？」

「本人格の間違いだろう？」

「あっちの方がメインであることは間違いないですよね？」

「別人格というより……エロに目覚めているか、目覚めていないかだけの違いだろう？」

「メルヴィ様ー？　シルファ様ー？　何かおっしゃいましたー？」

「いえ、何もー？」

少し離れた場所で、メルヴィ様とシルファ様がひそひそ話をしている。あまり聞こえなかったが、何か馬鹿にされていることだけは分かった。

「と、取りあえず怪我（けが）を見せていただきますね？　サティナ様？」

「よろしくっす、リズ様」

そう言ってサティナ様は椅子に座り、太ももの傷口を私に見せた。

「……ってこれ、かなり深い傷じゃないですか⁉　何平然としているんですか⁉」

「そうっすか……？　最初かなり痛かったんすけど、今はそれほどでもないっすよ？」

「痛みが麻痺（まひ）してるんですよっ！　早めに処置できてよかった……」

私は手に、力の限り治療魔法を宿した。

「これは力いっぱいの治療が必要ですね……。少しくすぐったいと思いますが、動かないでくださいね？」

「りょ、了解っす……」

サティナ様が小さく息を呑（の）み、私は手に治療魔法を仕込みながら、彼女の傷口近くに手を当てた。

「ひゃっ!?　ひゃんっ……!?」

「……？」

いきなりサティナ様が艶（なま）めかしい声を出し、体をびくっと震えさせた。

「いや、ちょっと待……ひゃあんっ！　リズ様、ちょっと待っ……ひゃ、ひゃいんっ!?」

「ど、どうしたんですか、サティナ様？　ただの治療魔法ですよ？」

「いや、これ絶対ただの治療魔法じゃ……やあぁぁあんっ……!?」

何かサティナ様の様子がおかしい。私は治療魔法をかけているだけだというのに、色っぽい声を上げながら、体をもじもじとくねらせている。

「ちょ、ちょっと落ち着いてください、サティナ様……？　し、深呼吸、深呼吸を！」

「だ、だめだめっ！　ひゃ、ひゃいんっ……!?　だ、だめっす！　うち、変になっちゃうっす!?　や、やあああぁぁぁぁんっ……!?」

「サティナ様、本当にどうしたんですかっ!?」

顔は赤く火照っており、目はとろんと蕩けている。私の治療魔法によって、サティナ様は少し正気を失っているようだった。

私は、治療魔法を発している自分の手の魔力の流れを、じっと感じ取る。

確かにいつもの治療魔法とは、何か感覚が違う……？　こう、少し、自分でも違和感があるような……ないような……？

「おい、リズが淫魔流治療魔法を思い出したようだぞ？」

「あれ、体の内側から効くんですよねぇ。わたしも参考にさせてもらってます」

「やっぱりリズの力は順調に戻っているようだな？」

「何かおっしゃいましたかーっ!?　シルファ様ー!?　メルヴィ様ー!?」

「いえ、何もー？」

少し離れた場所でシルファ様とメルヴィ様がまたひそひそ話をしているが、ほとんど何も聞こえないし、今はそれどころじゃない。

「リズ様っ！」

「えっ⁉」

サティナ様は急に腕を動かし、私の手を取った。

「リズ様！　うちと結婚してください！」

「えっ⁉　えええぇぇぇっ……⁉」

サティナ様は妙なことを叫んでいた。彼女の頬は赤く、そして息は荒かった。

「こんなに体の内側めちゃくちゃにされて、はい、何もなかったことに、なんてありえないっす！　これはもう……結婚なんじゃないっすか……⁉」

「なにわけの分からないことを言っているんですかっ⁉」

サティナ様は完全に混乱していた。隣のルナ様もびっくりしている。

「えぇ？　なにこれ、こわぁっ……」

アデライナ様は思いきり引いている。

彼女の態度が一番傷つくっ！

「あ、サティナ様ずるいっ！　私にもその治療をしてください！　お姉さま！」

「えぇいっ！　アイナ様まで何言ってるんですか⁉」

「リズ様！　一緒に温泉旅行に行かないっすか⁉　ルナ様とかアデライナっちも誘って、皆で温泉旅行に行きましょう……⁉」

「えぇいっ！　ストップ！　皆まともに戻ってくださいっ！」

混乱が混乱を呼んでいた。

「さすがリズ……。最強の女たらし……」

「記憶と力がまた戻るのも、そう遠くないみたいですね……」

「えぇいっ！　シルファ様、メルヴィ様！　また何こそこそ言ってるんですか⁉」

「いえ、何もー？」

遠くで英雄のお二人がなにかひそひそと話をしていた。

「リズ様っ！　いつ旅行に行くっすか……⁉」

「お姉さまお姉さま！　私！　私にもその治療魔法かけてみてくださいっ！」

「地獄やん、こんなん。こわぁっ……」

「あーーーーーーっ⁉　もううううぅぅぅぅぅぅうぅっ……⁉」

どうして私がこんな目にいいいぃぃぃ……⁉

清楚（せいそ）で健全で裏表のない私は、なんだかよく分からない何かに振り回されていた。

日がゆっくりと暮れようとしている時のことであった。

第28話　【過去】ご飯十杯は軽くいけます

「好きです、カイン様」

「…………ん？」

「え……？」

「私、カイン様のことが好きです……」

それはシルファとメルヴィが勇者カインの仲間になってから、まだそれほど時間が経っていない時のこと。夜がしんしんと更ける頃だった。

宿の談話室でカイン、リズ、シルファ、メルヴィの四人がリズの淹れた紅茶を飲みながら談笑して、のんびりと過ごしていた。

そんな中、いきなりリズがカインに告白をした。

「……リ、リズ？」

「あー……、いきなりどうした？　リズ？」

いきなりの告白にシルファとメルヴィは目をぱちくりさせ、カインはぽりぽりと頭の後ろを掻いた。

異性に告白されて動揺し、胸の高まりを覚えたというより、カインは急なことに対する戸惑いの方が大きかった。

それに対し、リズが口を開く。

「いや、実はですね、この前シルファ様とメルヴィ様にあることを相談されまして……」

「相談？」

「はい、恋愛相談なんですけど……」

リズの言葉に、二人がびくっとした。

「どうもお二人はカイン様との交際を経ず、国や教会の都合でカイン様の婚約者になったことに後ろめたさを感じているようで……。自分たちにはカイン様に好きでいてもらう理由も思い出もなく、自分たちがカイン様を本当に好きだと言える根拠もない、と悩んでいるようで……」

「リ、リズ……!?」

「リ、リズさんっ!?　そ、その話は内緒だって言ったじゃないですかぁっ!?」

リズの暴露に、シルファとメルヴィは慌てた。

カインという男性に好意を寄せる女性は多い。

人族の中でも彼は最強といえる戦士で、実際に彼に命を救われた女性はたくさんいるため、近頃彼のファンがどんどん増えていた。

その中で、シルファとメルヴィは権力闘争の政略のためという意味合いで、カインの婚約者になった。

本当に自分たちはカインの婚約者でいていいのだろうか？　数多くの女性たちの中で、自分たちがカインに選ばれる理由なんてあるのだろうか？　世界中の女性たちの中で、自分が誰よりもカインを好きなのだと言えるだろうか？

カインとの付き合いの時間が浅い二人には、彼の婚約者でいられるだけの理由も思い出もないことに悩んでいた。

しかし……。

「そのお気持ちはカイン様に直接お伝えした方が上手く解決できると判断したため、この場で公表させていただきました」

「そんなぁ……」

リズは二人の悩みを暴露した。シルファやメルヴィの顔が真っ赤になる。

「確かに、くだらん悩みだな」

「カ、カイン殿まで……」

カインは紅茶をごくりと飲み、女性の悩みを一刀両断した。

「思い出や理由なんて、これからいくらでも作っていけばいい。俺はお前たちを好ましく思っている。もう体だって重ねた。そんなくだらない理由で一歩引いたり、俺から離れようとするんじゃねえぞ？　そんなことしたらぶった斬るからな？」

「うぅ……」

「…………」

有無を言わせぬカインの強い言葉に、シルファもメルヴィも顔を赤くして恥ずかしそうにしながら、身を竦めた。

「そもそも、人を好きになることに理由なんて要らないんですよ」

「……リズさん」

リズはにこにこしながら言った。

「ねぇ、カイン様……」

「ん？」

「好きです」

「…………」

リズの真正面からの告白に、カインの体が少し硬くなる。

先ほどは突然過ぎて困惑が先行してしまった。でも今はその告白に込められたものを理解できる。

「カイン様のことは理由なく好きです。ただ好きなだけです。根拠なんてなくとも、好きです」

「…………」

「確かに始めは理由がありました。自分の中のサキュバスの力を初めて認めてくれて、私はあなたにとても感謝しました。でも、もうそんな理由がなくてもあなたのことが好きです。ただただ、あなたが好きです……」

「…………」

カインは少し気恥ずかしくなって、リズから目を背けた。

シルファとメルヴィは目を丸くしてリズを見る。リズは何の言い訳もせず、自分の気持ちをカインに直接晒している。

「理由なんていりません。あなたと一緒にいられて、私は嬉しい」

「…………」

「あなたが、好きです」

自分の好意を人に伝えるのは勇気のいることだ。自分の内側を人に晒すのはとても難しい。

二人の女性は、自分たちの仲間のことを凄いと思った。

「さぁ！　次はシルファ様やメルヴィ様の番ですよ！」

「えっ!?」

「ええっ……!?」

リズの首がぐるんと回り、シルファとメルヴィを見据える。いきなり戦場に駆り出された新兵のように二人は動揺した。

「さぁさぁ、お二人とも、カイン様に正直な気持ちをお伝えください！　今まで直接好きだって伝えたこと、多分ないですよね？　ささっ！　こういうのは真正面からぶつかるのが吉なのです！」

「そ、そんなこと言われたって、こ、心の準備が……!?」

「あ、あわわわわっ!?　は、恥ずかしいですよぉ……！」

「リ、リズっ！　こ、こういう事は無理強いするもんじゃねえと、お、思うぞ!?」

シルファとメルヴィは身を強張らせて引くが、移動したリズにぬるりと背後を取られ、首の後ろから肩に腕を回される。

捕らえられ、逃げることはできなくなった。

「こんなにお膳立てが揃っても自分の気持ちを伝えられないようじゃ、一生カイン様に告白なんてできませんよ？」

「うっ……」

「あうっ……」

二人はリズの言葉に深く胸を刺され、怯む。

「気持ちを通じさせ損ねて、空回りして、気持ちが離れてしまう……。自分の勇気のなさからそうなってしまうなんて、不本意でしょう？」

「………」

「………」

シルファとメルヴィはぐうの音も出なかった。

こと心のやり取りにおいて、二人は全くリズに敵わなかった。

「カ、カカ、カイン殿……」

「お、おう……」

リズが絡めていた腕を離すと、シルファが一歩前に出る。シルファとカインの距離は近くなり、二人の顔は真っ赤に染まる。

「そ、そそそ……その、なんだ……。く、国が用意した婚約者という立場同士ではあるのだが、そ、そそそ、その……その……」

「………」

二人の胸の鼓動はどこまでも高まっている。バクンバクンという心臓の音が部屋中に響き渡っているように感じられた。

シルファはカインの目を直視できない。目を逸らしながら、口を震わせて、何とか言葉を紡ぐ。

「わ、わわ、私たちの絆は、国がお膳立てしたもので……そ、その……始まりは純粋でないものだったかもしれないが……」

「………」

「す、好きです……」

シルファがそう言った。二人の顔が真っ赤になる。

「………」

「………」

沈黙が流れ、シルファは無言で、真っ赤になった顔を手で覆った。

「はい！　じゃあ次はメルヴィ様！」

「えええええええっ……⁉」

その場でじたばた暴れるメルヴィの背中をリズは押し、無理やり前に立たせる。

「わっ⁉」

「おっと」

勢い余って、メルヴィはカインにぶつかりそうになる。カインは彼女の体を支え、メルヴィは彼の服を掴(つか)む。

メルヴィは顔を上げ、二人の目が合う。メルヴィの身長は低いため、カインの顔を下からのぞき込む形になった。

「あわっ、あわわわわ……！」

「……お、落ち着け」

「そ、そそ……そのその……そのっ、わ、わわわ、わたしっ……！」

メルヴィの顔も真っ赤になり、全身を震わせながら猛烈に緊張していた。

「そのその……！　あのあのっ！　そのっ！　わ、わわわ……わわ、わたしっ！　あわわわわっ……！」

「…………」

「ううううぅぅぅ……」

メルヴィの体から力が抜けていった。緊張し過ぎた。ほとんど何も言えず、目はぐるぐると回っていた。

彼女がへなへなと前に倒れ込む。

結果的にカインの胸に顔を埋める形となった。

「……！」

「…………」

それは彼女にとって、真っ赤になった顔を隠す意味合いもあった。カインの体で自分の顔を隠せば、周りからもカインからも、恥ずかしいほど真っ赤になった自分の顔が見られなくなる。

女性に縋り付かれ、カインはさらに緊張が高まる。

　しかし、顔を隠したことで少しメルヴィの緊張が弱まった。

「……好きです」

　蚊の鳴くような声で、そう言った。

「…………」

　カインの心臓だけが悲しいほどにバクンバクンと震えていた。

「むふふ……」

　その様子を見て、リズはニタニタと笑っていた。

「むふふふ！　でひょひょひょひょっ……！」

　めちゃくちゃニタニタ笑っていた。

「リ、リズ……？　な、なにニヤニヤ笑ってるんだよ？」

「むふふふ？　でゅふふふ？　ぶひひひっ……？」

「てめぇっ！　俺たちが恥ずかしがっているこの光景を見るために、こんなことを仕組んだろっ……！」

「うふふふふ？」

　リズはにこりと笑った。

「いやー、皆様の恥ずかしがっている顔を見るだけで、興奮度は駄々上がり！　ご飯十杯は軽くいけますね！」

「こ、このやろーっ！　俺たちで遊びやがって！」

「ぎゃーーーっ……！」

カインはメルヴィから身を離し、リズをつかまえて関節技をかけた。

「いたいいたいいたいっ！　あっ！　でもこういう痛みも、いいっ……♡」

「こいつっ！　最強だな……！」

「もっと強めでお願いします♡」

皆の恥ずかしがる顔を見られて、さらにお仕置きもしてもらって、リズは大満足できる結果となった。

シルファとメルヴィは自分の告白の余韻から抜け出せず、頭から湯気を発して固まってしまっていた。

「……で？　カイン様？」

「あぁ……？」

関節技をかけられたまま、リズは問う。

「お返事は？」

「…………」

カインの体がびしっと固まった。

この部屋にいる女性たちの視線がカインに集まる。シルファとメルヴィは頬を赤らめ、ドキドキしながら彼を見つめている。

リズは不安な気持ちなど一切なく、ニヤニヤとカインを眺めている。

カインは赤くなった顔を背け、ぼそっと言った。

「……旅が終わったらな」

「あーっ！　ずるいです！　カイン様っ！　男らしくありませんっ！」

「あーっ、あーっ！　あーっ！　うっせぇ！　うっせぇっ……！　こんな気恥ずかしいこと、正面から言えっか……！」

カインは顔を真っ赤にしながら、女性陣から目を逸らす。容赦なくリズから野次が飛ぶ。

「ずるーい！　ずるーい！　逃げ腰ーっ！　カイン様の軟弱者ー！」

「うっせぇ！　うっせぇ……！」

カインはたじろぎ、リズはそんなカインをからかう。

シルファとメルヴィはもやもやした気持ちを抱えつつ、答えが先延ばしになったことに少しばかり安心してしまった。

「今日はもう寝るっ！」

「カイン様の意気地なしーっ！　そこは『全員同時に受け止めてやるよ。寝るから俺のベッドに来な』って言うところでしょーっ！」

「三人同時になんて面倒見れるかっ！」

「あははははっ！」

ぶーぶーと文句を言い合いつつ、からからと笑い声も漏れる。緊張して体を固くしていたシルファやメルヴィも、その雰囲気に気持ちをほぐし始める。

星の綺麗な夜のことであった。

エピローグ

「というわけで、魔王軍幹部撃退お疲れさまーっ！」

「お疲れさまーっ！」

ワインがたっぷりと注がれたグラスを軽くぶつけ合い、キンと高い音が響いた。

学園の寮の談話室を借りて、そこで今日の打ち上げが行われていた。テーブルには所狭しと料理が並べられており、そのテーブルを勇者様のお仲間たちが囲んでいた。

カイン様、シルファ様、メルヴィ様、ミッター様、レイチェル様、ラーロ様——勇者様一行の全員がこの場に揃い、打ち上げパーティーを楽しんでいた。

そこになぜか私——リズが混じっている。

一人だけ場違いだという思いで、私はがちがちに緊張していた。

「ほら！　どうしたの、リズ！　食が進んでないわよっ！　もっと食べなさい、もっと飲みなさいっ！　なははははっ……！」

「レ、レイチェル様……」

「そうじゃな。今日の主役はリズ君じゃ。ほれほれ、もっとたくさん食べるがよい」

「ラ、ラーロ先生……」

私はなぜか有名な英雄たちに囲まれていた。

「わははっ！　リズ君に先生呼ばわりされるのは、いつまでも慣れないのぅ！」

「え？　な、なんですか……？」

「わははははっ！」

ラーロ先生に笑って誤魔化される。

大魔導研究所の熟練魔導士のラーロ様は今、学園で先生をしている。それだというのに、彼のことを『先生』と呼ぶ度になぜか苦笑いされる。

「てか、リズ。なんで緊張してんだよ。もう皆と大分慣れ親しんだだろうが」

「そ、それはそうなんですが、カイン様……。でもやっぱカイン様のパーティーの集まりとなると、どうしても私は部外者になってしまうじゃないですか……？」

「ぶはははははっ！　部外者だってよ！」

「あははははっ！　わ、笑ってすまん、リズ。でも、リズが部外者……あはははっ……！」

「え？　えっ？　えっ……!?」

私の言葉に、なぜか周りから笑い声が漏れる。

なんだろう？　どういうこと……？

「み、皆さん、リズさんをからかっちゃいけませんよ、ふふ……。今日はリズさんが主役なんですから、ふふふ……」

「あ、あなただって笑ってるじゃないの、メルヴィ……。なははっ……！」

「そう……そうだね、ごめんね、リズ！　とにかく、魔王軍幹部撃退おめでとう！」

なんか、皆の反応が気になるなぁ？

何か仲間内だけでしか分からないことで、からかわれてたりするのかなぁ……？

「しかし……カイン、あんた今回の件を対外秘にしようって校長に打診したんですって？そんなことしたら、リズの手柄がなくなっちゃうじゃない」

「本来なら国から勲章を授けられてもいい働きじゃったのにのう！　わっはっは！」

「しゃーねーだろ、レイチェル、ラーロ。リズの力はまだ不安定だ。それなのにこの事件が公表されて、下手に魔王軍に目を付けられでもしたら笑えねぇ」

カイン様は肩をすくめてそう言い、ワインをごくりと飲んだ。

今回の事件は内密に処理され、世間には公表されないこととなった。

国の威信とか世間に不安が広がってしまうとか、理由はいろいろあるけれど、私が不安定なことも大きな理由であるらしい。

「カ、カイン様の判断は正しいと思いますし、私としてもありがたいです。皆さんは私が魔王軍幹部を倒したとおっしゃいますが、私自身には全く自覚がないし、その時の力の使い方なんて全然分かりませんし……」

「な?」

「な? じゃないわよ。リズ、上手く丸め込まれてるかもとか、騙されてるかもとか思ったら言いなさいよ? こいつ平気で嘘ついたりするんだから」

「あ、ありがとうございます、レイチェル様」

「リズを安易に騙したりなんかしねえよ」

渋い顔でカイン様はそう言った。

大丈夫、私だって分かってる。カイン様は荒っぽいけど、根は優しい方なんだって……。

「だって、バレたら後でどんな要求してくるか分かったもんじゃねぇ……」

「それは、確かに、恐いわね……」

「私、人に変な要求なんかしたことありませんっ!」

違った。どうやらカイン様はそうなった時の私の報復を恐れているようだった。

私、皆にどんな評価受けてるのかなぁっ!?

「と、ところでだな、リズ、言っておかなきゃならねえことがあるんだが……」

「な、なんでしょう?」

カイン様は人差し指を立てて、話を切り替えるように言った。

「これからはお前の内側に眠る力を目覚めさせるために、俺たちがお前の訓練を全面的にバックアップすることに決めた」

「え……？」

「リズが魔王軍幹部を倒した時の力……、その力を安定して使えるようにお前を鍛える。俺たちがそのサポートをする」

私はローストビーフを頬張ったまま、目をぱちくりさせた。

「今まではお前の内側の力について、外から刺激した方がいいのか、それとも覚めるまでゆっくりと眠らせておいた方がいいのか、判断ができなかった」

「………」

「でも今回の騒動とその後のメルヴィの診察で、外からの刺激があった方が効果的だってわかった。これからは俺たちの特訓にリズも参加させ、お前の中に眠る力を鍛え上げる」

私は質問をするために口の中のローストビーフを急いで噛み、ごくんと飲み下した。

「ちょっ、ちょっと待ってくださいっ⁉ その言い方だと、私の中に妙な力が眠っていることを、カイン様たちは前から知っていたんですか……⁉」

「ん？　あぁ、もちろん知っていた」

「な、なんでっ……⁉」

「なんでって言われてもなぁ？」

まるで、なんでリンゴは木から落ちるの？　というような当たり前の質問をされて、どう答えたらいいか困るとでも言いたげに、カイン様は頭を掻いた。

「というより、それではさっきのメルヴィ様のエッチな診察は、私の内側の力について診ていたんですね……」

私は以前保健室でメルヴィ様に診察されたことがあったが、今回、念のためにまた診てもらったのだ。

「エ、エッチじゃありませんっ！　能力を確認するために診察しただけですっ……！」

「えー……」

メルヴィ様はあたふたと否定する。

でも、メルヴィ様が魔力のこもった手で私を触る度に、私の体の中が、こう、疼いてしまったのだ。彼女の魔力が私の中を這いずり回ったのだ。

あれがエッチな診察じゃなくてなんだというのだ。

結婚しなければならないと、また心の中で誓ってしまったほどだった。

「元はといえば、リズさんに習った治療魔法のせいなんだけどなぁ……」

「え？　何か言いました？　メルヴィ様？」

「何も言ってませーん」

唇を尖らせながら、ぶっきらぼうにメルヴィ様はそう答えた。

気になるけど、かわいい。

「リズ、君の中に眠る力の解放特訓が上手くいった際には、君を仲間に迎えたいと私たちは思っている。どうかな？」

「え？　シルファ様……？」

私の胸がどきんと震えた。

「当然といえば当然だ。リズは魔王軍幹部を単騎で倒した。その力が安定するようになったら、勇者の仲間として私たちはその力が欲しい。そうだろう？」

「わ、私が……勇者様たちの、仲間……？」

「まぁ、まだ先の話だ。考えておいてくれ、リズ」

「…………」

そう言ってシルファ様はグラスを傾け、くいとワインを飲む。小さな動作だが、そんな何でもない所作から優雅さを感じ、彼女が王国の姫君であるということを再確認した。

私の胸はドキドキと震えている。

私が、カイン様たちの仲間……？　私にそんな大役が務まるのだろうか……？

「シルファ、そんな話をしても意味ねぇだろ」

「む？　そうだな、カイン殿。先のことはまだ分からないな」

「そうじゃなくて……」

カイン様は少し呆れた顔を見せつつ、言った。

「力の修業が上手くいったら、こいつは絶対に俺たちの仲間になる。考えるまでもなく、絶対だ、絶対」

「え……？」

そしてカイン様はにやりと笑った。

そこからは絶対の自信が感じられた。私は絶対に仲間になるのだと、仲間になることを絶対に辞退しないのだと、当たり前のようにそう言った。

「な、なんでそう言い切れるんですか……？」

「そりゃ、リズ……。それは修業が終わってからのお楽しみだ」

カイン様は悪戯小僧のように笑う。屈託のない、少年のような笑顔だった。

「ふふ、そうだな。それもそうだったな」

「シルファ様……」

「あのあの、リズさん！　修業頑張りましょうね！　わたし全力でサポートします！」

「メルヴィ様……」

「ふん！　途中で弱音なんか吐かないでよ！　あたしを幻滅させないでよねっ……！」

「レイチェル様……」

皆が期待を込めた目で私を見ていた。

その英雄たちの目はくすぐったくて、温かくて……そしてなぜか心地よかった。

「さぁさぁ、食え！　リズ食え！　食わなきゃ元気になれねぇぞ？」

「ワイン注ぎますね、リズさん」

「いやいや、あまり食べさせ過ぎてリズが太ったらどうするんだ？　カイン殿も、リズが太ったら嫌だろう？」

「ははは！　こいつが太る姿とか、微妙に想像できねぇ！」

「確かにリズさんはずっとスタイルが良いままですからねぇ……」

「………」

私を話の中心に据えて、皆が楽しそうに笑っている。

「なんで……」

「ん？」

私はぽつりと呟いていた。

「なんで私にそんなによくしてくださるんですか？」

「んん……？」

「だって私、皆さんとはまだ知り合ったばかりで……こんなによくしていただく理由がない……」

皆は私に親しげに接してくれる。修業のサポートもしてくれるという。

私はまだまだ彼らと知り合って日が浅い。ただの学友というだけの関係で、深い思い出はなく、特別な絆もない。

皆様からこんなによくしていただく理由を、私は持っていなかった。

「…………」

「…………」

「…………ぶはっ」

そして、カイン様が噴き出した。

「……え？」

「ぶははははっ！　リズからそんな言葉を聞くとは思わなかった！　これは傑作だ……！」

「え？　えっ……？」

「わ、笑っては悪いぞ、カイン殿……！　で、でも、あはは！　おかしい……！」

「リ、リズさんがそんなことを言うなんて、ほんと何が起こるか分からないものですね……。ふふふっ……！」

「え？　えっ？　えっ……!?」

なぜか部屋が笑い声で包まれた。

なんだ？　私はなにか変なことでも言ったのだろうか……？

「いいか、リズ、よく聞けよ？」

ひくひくしながら笑いを止めたカイン様が、私の目を見て言う。

「確かに理由はある。理由はあった。でも、そんなのは関係ねぇ。理由がなくても俺たちはお前を大切に扱うだろう」

「な、なんで……？」

「だって皆、お前のことを理由なしに好きだからだ」

カイン様がそう言うと、皆がにやっと笑った。

それは私のことを受け入れてくれている笑顔だった。

「いろいろあるんだけど……結局は皆、お前のことが好きなんだよ。なんだかんだ言って、お前と一緒にいると、楽しいんだよ」

「…………」

「だから、お前を大切にすることに理由なんてねえ。そうだろ？」

カイン様が私の頬を引っ張る。私の頬はみょんと伸びる。

私は少し、呆然(ぼうぜん)としていた。

「バカだなぁ。相変わらず、お前のほっぺは柔らけえなぁ……」

「…………」

カイン様は上機嫌で笑う。

私の胸の内は熱くなっていた。

「ほらほら、馬鹿なこと言ってねえで、飲め、食え！」

「なっはっはっ！　そうね！　リズっ！　あたしたちの修業は生半可じゃないわ！　ちゃんと食べて体力蓄えとかないとねっ！」

「リズさん、ワインお注ぎしますね」

「……まぁ確かにリズは太らなそうだな。リズ、このフライドチキンうまかったぞ？　一つどうだ？」

そうして私のお皿に皆がたくさんの料理を入れて、私のグラスにはたっぷりとワインが注がれていた。

温かいって感じた。

こんな陽気な一時が、なぜだろう……、妙に懐かしくて、とても胸の内が温かく感じられる。

私はぽつりと呟いた。

「私も好きですよ……」

「え……？」

「皆さんのことが、理由はなくとも好きです……」

自分で言って、自分で照れる。頬がほんのり熱くなるのを感じる。

そして、皆の頬もほんのり赤くなっていた。

私はここにいる皆と知り合ってまだ間もない。しかし、胸を張って言える。

私は皆のことが好きだ。知り合ってからの時間とか、好きになった理由とか、そんなのは関係なく、皆が好きだ。

だから、私は皆の力になりたいなって、思う。

「私、修業頑張りますっ！」

私は大きな声を発して、勢いよくソファから立ち上がった。

「私の中に眠る力をうまく引き出して、一生懸命強くなります！　皆さんの力になれるように！」

「………………」

「私、頑張りますからっ……！」

皆の熱い視線が私に集まる。だから私も、気持ちを込めて言った。

「だから、これからもずっとずっと、よろしくお願いしますね……？」

自分で言って、自分の魂が少しだけ震えるのを感じた。

「……あぁ、言われるまでもねぇ」

カイン様が私にワインの入ったグラスを向ける。

「これからずっと、よろしくな？」

「……はい！」

そう言って、私とカイン様はグラスをキンと重ねた。高い音が小さく響き、グラスの中のワインが揺れた。

そして皆で笑い合った。

魂の奥が震えるのを感じる。

欠けていた何かが埋まっていくように感じる。

私の記憶にない感情が、彼らを守りたいと叫び、彼らと一緒にいたいと微笑んでいた。

もう私たちは離れることはない。ずっと一緒に同じ道を歩んでいく。

なぜだろう。

そんな確信のような気持ちが、胸から溢れ出してくるのだ。

「じゃあ、リズの復か……新たに仲間になったことを祝して……」

カイン様はにやりと笑いながら、手にワイングラスを持つ。

私も、皆も同じようにグラスを持って、構えた。

「乾杯っ！」

「乾杯っ……！」

テーブルを囲んで、皆でグラスをぶつけ合った。キン、キンと高い音が鳴り響く。

宴はまだ始まったばかりだ。

そして私たちも、まだまだこれからなのだった。

――その時だった。

「……ん？」

私は椅子から立ち上がったままだったのだが、私のそのスカートの中から何かがはらりと落ちた。

「ん？」

「なんだ？」

皆の視線が、私のスカートからこぼれ落ちた何かに向けられる。

私のスカートから何かが落ちる……？　そんなことあるのだろうか？

心当たりのない事象に若干戸惑いながら、私は落ちたその何かを拾った。

そして、立ち上がってそれを広げた。

「……え？」

――それは体操服のパンツだった。

名前が書かれている。それはカイン様の体操服のパンツだった。

え……？

なんでこんなところから、カイン様のパンツが……？

「ん……？　それ、俺のパンツか？」

カイン様が言う。皆の視線が私の持っているパンツに集まり、そしてすぐに説明を求めるかのように私の顔に皆の視線が移動した。

「……？」

カイン様のパンツを持ったまま、私は混乱する。

身に覚えがない。自分のスカートの中からカイン様のパンツがはらりと落ちることに、全くもって身に覚えがない。

いや、でも……あれ？　待って……？　少し覚えている……？

それは魔王軍幹部との戦いの最中のことだった。敵の攻撃による衝撃波で教室の備品が吹き飛ばされ、ばらばらと宙に舞った。

その時にカイン様の体操服のパンツが風に乗って空を舞い、それを私は掴み取った。

……そこから記憶が途切れている。

「………」

パンツを手に、考える。

あの後一体、どうしたのだろう？

記憶がなくなっているが、その後私は失神した訳ではない。皆の話によると、その後で私の内なる力が覚醒して、魔王軍幹部アンディを撃退したはずだ。

……じゃあ、なぜ私のスカートの中からカイン様のパンツが出てくるのだろうか？

私の記憶のない部分で、私はカイン様のパンツをスカートの中にしまい込んでいた？

それが今、はらりと落ちた？

「おいおい、リズ、お前まさか俺のパンツをスカートの中にしまい込んでたのか？」

「ち、違いますっ‼」

呆（あき）れ声をあげるカイン様の言葉を、私は即座に否定した。

私の推測とほぼ同じ言葉を口にしたカイン様に、私は大声で否定した。

「これは……これは何かの間違いですっ！　私が、カイン様のパンツをスカートの中にしまい込むはずがないじゃないですかっ……！」

「いや、リズならやるだろ？」

「やりませんっ！」

そんなわけがない！　そんなはずがないのだ！

これは何かの間違いに決まってるっ……！

「違うんですっ！　私、そんな変態な子じゃないんですっ！　私はれっきとした清く正しい貴族の娘で……！　私は、違うんですっ！　これは、何かの間違いなんですっ……！」

「いいからいいから。こういうこともあるって、俺ら分かってるから」

「分かってません！　全然分かってません！」

私がそんな変態的なことをしたなんて、認めないでほしいっ！

「あぁ……、リズの覚醒はカイン殿のパンツが原因だったのか……」

「クンカクンカとかしたんでしょうか？」

「カインのパンツを弄ればリズは覚醒するのか……興味深いわね」

「してませんっ……！」

必死に否定するしかない。

「リズは本当にエッチなサキュバスだなぁ」

「違いますっ！」

私はサキュバスじゃありません！

「カイン様のパンツを弄って喜ぶような真似は、絶対にしてません！　私はそんな変態な子じゃないんですっ……！」

「リズさん、大丈夫ですよ？　わたしたち、分かってますから……」

「違いますっ！　私はエッチな子じゃありませんっ！　違いますからぁっ……！」

「リズ、いいから自分に素直になれって……」

「違うんだ゛あ゛あ゛あ゛ああああああぁぁぁぁぁぁぁぁっ……！」

必死に否定する。必死に否定すれど、皆の生暖かい目は変わらない。

本当にこいつは変態だなぁ……、軽く引くわぁ……、でもリズらしいのはリズらしいなぁ……、まぁ仕方ないかぁ……、リズだしなぁ……、みたいな感情が皆からひしひしと伝わってくる。

まるで何年も一緒に旅してきた仲間であるかのように、私たちは目でお互いの気持ちを分かり合っていた。

「あああああああああぁぁぁぁぁぁっ、もうやだああああああああああぁぁぁぁぁぁっ……！」

星が綺麗に輝く夜、学園の寮の中で仲間に囲まれ、私は叫ぶ。

魂の底から叫んでいた。

私の受難と災難と悦楽の日々は、まだ始まったばかりなのであった。

〈『私はサキュバスじゃありません 3』へつづく〉

この作品に対するご感想、ご意見をお寄せください。

●あて先●

〒101-0052 東京都千代田区神田小川町3−3
主婦の友インフォス　ヒーロー文庫編集部

「小東のら先生」係
「和錆先生」係

ヒーロー文庫

私はサキュバスじゃありません 2

小東のら

2020年1月10日　第1刷発行

発行者　前田起也

発行所　株式会社　主婦の友インフォス
〒101-0052 東京都千代田区神田小川町 3-3
電話／03-6273-7850（編集）

発売元　株式会社　主婦の友社
〒112-8675 東京都文京区関口 1-44-10
電話／03-5280-7551（販売）

印刷所　大日本印刷株式会社

©Nora Kohigashi 2019 Printed in Japan

ISBN 978-4-07-441891-6

■本書の内容に関するお問い合わせは、主婦の友インフォス ライトノベル事業部（電話 03-6273-7850）まで。■乱丁本、落丁本はおとりかえいたします。お買い求めの書店か、主婦の友社販売部（電話 03-5280-7551）にご連絡ください。■主婦の友インフォスが発行する書籍・ムックのご注文は、お近くの書店か主婦の友社コールセンター（電話 0120-916-892）まで。※お問い合わせ受付時間　月～金（祝日を除く）　9:30～17:30
主婦の友インフォスホームページ　http://www.st-infos.co.jp/
主婦の友社ホームページ　https://shufunotomo.co.jp/

Ⓡ〈日本複製権センター委託出版物〉
本書を無断で複写複製（電子化を含む）することは、著作権法上の例外を除き、禁じられています。本書をコピーされる場合は、事前に公益社団法人日本複製権センター（JRRC）の許諾を受けてください。また本書を代行業者等の第三者に依頼してスキャンやデジタル化することは、たとえ個人や家庭内での利用であっても一切認められておりません。
JRRC〈 https://jrrc.or.jp　e メール：jrrc_info@jrrc.or.jp　電話：03-3401-2382 〉